Pas sans toi

Marie Anjoy

Lemaitre Publishing
159 avenue de la Couronne
1050, Bruxelles
www.soromance.com

D/2019/14.771/29
ISBN 9782390450566

Maquette de couverture : Philippe Dieu
Photo : © Dmitriy Kapitonenko / Fotolia

À mon père qui, sans nul doute, serait très fier de sa fille.

« Attraper le bonheur, c'est vouloir retenir un papillon dans sa main ou le prendre avec un filet. »

Bernard Giraudeau

Prologue

Robert

4 juillet 2014

La journée s'annonce chaude, l'ambiance festive, le cadre choisi par ma belle-sœur, idyllique. Elle a déniché, sur je ne sais quels conseils, cette colonie de vacances reconvertie en maison d'hôtes, à une trentaine de kilomètres de Bordeaux et pas très éloignée de Saint-Émilion, belle petite cité médiévale que j'envisage de faire découvrir à Suzie demain.

Pour l'heure, je sirote une bière tout en suivant, amusé, une discussion animée entre mon frère Ludovic et un de nos cousins, Paul, qui débattent d'un sujet incontournable quand on est Bordelais : le vin. Leurs avis divergent, la gestuelle de Ludo en témoigne. Il tente de me prendre à partie alors que je passe près d'eux, mais je n'ai nulle envie d'entrer dans ce débat. De plus, j'exècre ce crétin depuis toujours, je me demande quelle idée saugrenue a eu Ludovic en le présentant à Mégane. Je ne suis donc pas étonné de l'issue de leur liaison. Meg mérite mieux qu'un compagnon imbu de lui-même qui cherche la compagnie de belles filles comme faire-valoir. Elle est évidemment éprouvée par ce nouvel échec, mais elle s'en remettra et rencontrera un jour son âme sœur.

Je cherche Suzie que je n'ai pas revue depuis que nous sommes revenus de l'église. Je me dirige vers la bâtisse assez quelconque qui se dresse au milieu de plusieurs hectares de vignes, mais que ses propriétaires ont rendue accueillante en soignant la décoration des chambres, y compris celles à plusieurs couchages. Malgré le fait qu'il faille parfois partager les lieux communs tels que les salles d'eau, elle possède un certain charme et accueille la plupart du temps des groupes importants de séminaristes qui cherchent à allier travail et détente. J'ai aussi entendu dire que l'on pouvait participer aux vendanges durant la période de récolte.

Je scanne la foule, toujours à la recherche de ma femme. Sur le point de me rendre dans notre chambre, qui a séduit Suzie malgré son charme désuet, j'entraperçois Nick qui vient probablement d'arriver. Je suis sur le point de l'interpeller et de le rejoindre quand ma mère m'intercepte, s'accrochant à mon bras.

— Mon chéri, si tu venais te joindre à nous quelques instants ? Ton père aimerait profiter de ta présence, tu nous as tellement manqué.

C'est réciproque. Depuis deux ans, il m'est impossible de leur faire face en tentant d'assumer mes mensonges. Encore moins de me confier à eux, la honte et la culpabilité me rongeant toujours comme au premier jour. De plus, comment pourrais-je justifier mes hurlements lors de mes cauchemars récurrents, s'ils venaient à les entendre ? J'évite donc, depuis ce jour-là, tout séjour chez eux. Je les aime tellement que je veux les protéger de ces démons qui me hantent, mais qui tendent à s'éloigner depuis mon retour à Bordeaux. J'ai donc assurément fait le bon choix en revenant chez moi.

— Tu ne peux pas imaginer à quel point je suis heureuse de ta décision. Tu sais, la santé de ton père ne va pas aller en s'améliorant. Son attaque l'a beaucoup diminué et c'était très douloureux pour lui de n'avoir pas pu se rendre à ton chevet à l'époque de ton agression. Et tes visites ont été si rares. Tu as été un véritable courant d'air. Une journée par-ci, une journée par-là.

Je souris à ma mère et l'embrasse tendrement sur la joue en lui emboîtant le pas tandis qu'elle glisse son bras sous le mien. Elle soupire de plaisir. L'enfant prodigue est de retour pour son plus grand bonheur.

— Comment va Nicolas ? Pauvre garçon, quel karma ! Je ne connais personne qui a vécu autant de drames à tout juste trente ans. Je suis ravie de sa présence. Je suis persuadée que son séjour lui fera le plus grand bien. Et qui sait, il pourrait rencontrer une gentille jeune fille aujourd'hui. Les célibataires ne manquent pas. Tiens, comme Meg par exemple, où une de ses amies, Florence ou Élisa, conclut-elle en faisant un petit coucou à mon amie d'enfance qui ne la voit pas. Bon, pas sûre que ces deux-là soient vraiment le genre de compagne qu'il lui faut. Elles sont si… délurées. Mais Meg… Ils feraient un joli couple, et cette petite mérite un gentil garçon, ajoute-t-elle, concentrée dans son raisonnement.

Elle se trompe totalement. Flo serait la candidate idéale pour Nico… pour une nuit, voire tout son séjour parmi nous. Quant à Meg, même pas en rêve ! J'espère que ma mère n'a pas en tête de jouer les entremetteuses ! Parce que Nicolas et Meg, c'est impossible. Mais je n'ai pas à m'inquiéter, ma petite sœur de cœur n'est pas son genre de filles. Et de toute manière, s'il décidait de la draguer, elle le fuirait comme la peste. Elle déteste les *bad boys*. Et quels que soient les rêves de ma génitrice pour son chouchou Nicolas, ce dernier n'envisage pas de s'engager dans une relation durable. Il ne se remet pas de la perte d'Eve et je me demande s'il y parviendra un jour. Pour ça, il faudra qu'il rencontre une femme exceptionnelle, à la hauteur de son épouse disparue. Et ce n'est pas gagné.

— Maman, laisse donc ces célibataires faire eux-mêmes leurs choix de vie. Et Nico est assez doué pour se trouver des petites amies. Quant à Meg, malgré toute l'affection que je porte à mon meilleur ami, il n'est absolument pas la personne qu'il lui faut. Il la ferait souffrir. Alors n'essaie pas de jouer les marieuses.

— Ton ami, faire du mal à Meg ? Je n'y crois pas une seconde. Nicolas est un des jeunes hommes les plus tendres et respectueux qu'il m'ait été donné de côtoyer.

— C'est toujours plus ou moins vrai, mais il a beaucoup changé depuis la disparition d'Eve. Il a... on va dire... d'autres centres d'intérêt.

De babillage en babillage, nous retrouvons mon père dans son fauteuil roulant, installé à table. Je m'assieds à ses côtés. D'ici, j'ai une vue imprenable sur la porte d'entrée de la maison ainsi que sur le bar dressé sous une tonnelle à ma droite. Chemin faisant jusqu'ici, j'ai perdu Nico des yeux, et toujours pas retrouvé ma femme.

— Tu n'aurais pas vu Suzie, par hasard ? demandé-je à mon père qui n'a dû rater aucun va-et-vient vu sa position stratégique.

— Si, elle vient de rejoindre Nicolas. Regarde, ils discutent au comptoir.

Je tourne la tête vers le bar et les trouve en grande discussion. Nicolas rit à ce qu'elle lui dit tandis qu'elle lisse sa chemise dans un geste bien trop intime à mon goût. J'ai beau connaître ce degré de familiarité qui les lie depuis longtemps et davantage encore depuis quelques semaines, j'ai la certitude qu'elle a franchi un nouveau cap. Suzie porte son regard aux alentours. Je lui fais un petit signe de la main, espérant qu'elle me repère pour qu'elle nous rejoigne, mais elle ne semble pas me voir et se dirige d'un pas assuré vers la bâtisse tandis que Nicolas reste accoudé au comptoir. Mais quand il prend à son tour la direction de la maison, je comprends aussitôt qu'il va la rejoindre et devine leurs projets. Je devais m'y attendre tellement elle est nerveuse et tendue depuis son arrivée à Bordeaux. Sa crise de larmes et le seul réconfort de mes bras n'ont pas suffi à apaiser son malaise. Je comprends, mais la douleur n'en est pas moins vive en les imaginant ensemble, Dieu sait où. Certains jours, j'ai envie de lui foutre une dérouillée dont il se souviendrait toute sa vie. Cependant, je n'en fais rien. Par amour pour Suzie et pour ce crétin que j'aime un peu trop, peut-être. Sans lui, je n'aurais pas rencontré Suzie et ne serais pas tombé fou amoureux. Ma vie n'aurait pas de sens. Pas sans elle. Elle est ma moitié et je suis la sienne, pour l'éternité. Nous ne sommes rien l'un sans l'autre.

Chapitre 1
Le retour

Suzie

Aéroport d'Orly, avril 2010

J'arpente le hall des arrivées depuis trois quarts d'heure et commence à perdre patience. Pour la énième fois, je consulte ma montre, rajuste mon sac de voyage sur l'épaule. Je déteste attendre, et mon meilleur ami, qui pourtant me connaît mieux que personne, me met à l'épreuve le jour de mon retour en France !

— Il ne perd rien pour attendre, grommelé-je entre mes dents.

Je souris à un jeune homme qui se dévisse le cou pour me déshabiller du regard et manque de percuter un passager plus pressé.

Oui, je sais, pensé-je mi-amusée, mi-fataliste, *tous les mecs fantasment sur moi.*

Je suscite l'attention dans cette tenue légère mettant en valeur mes longues jambes fines et musclées, ma taille de guêpe et une poitrine généreuse que ma robe près du corps souligne ostensiblement. J'attise la convoitise des hommes et la jalousie des femmes. Il semble que mon port altier et mon air dédaigneux ne rebutent pas les mâles, au contraire, et je m'exaspère parfois de devoir repousser ceux que mon regard de glace ne parvient pas à maintenir à distance. Mais en règle générale, j'avoue que ça m'excite terriblement !

Nico, je vais te tuer si je dois attendre encore cinq minutes.

Je m'installe sur le comptoir d'accueil et farfouille dans mon sac à la recherche de mon téléphone. Aussitôt, un steward — c'est bien sa chance — se précipite.

— Je peux faire quelque chose pour vous ?

Je dédaigne sa proposition et parviens à mettre, en un temps record, la main sur mon portable noyé dans le fatras des mille choses inutiles de mon sac. Triomphante, j'exhibe mon téléphone sous le nez du jeune homme pour lui faire comprendre, sans mot dire, que j'ai tout ce qu'il me faut. Ce dernier hoche la tête et s'éloigne afin de répondre à la requête d'une famille dont les enfants se disputent tandis que leur mère s'efforce de les contenir.

Je compose le numéro de mon ami. Répondeur !

— Nico, si tu n'es pas là dans cinq secondes, ce qui va m'obliger à appeler un taxi pour rentrer, je te jure qu'Eve peut déjà te trouver un remplaçant pour sa descendance parce que je vais te faire bouffer les couilles.

Sur ces paroles choquantes dans la bouche d'une jeune femme aussi élégante — pour reprendre les sempiternels reproches de ma mère —, je raccroche. La mère de famille me jette un regard horrifié tandis que ses mômes chuchotent et gloussent entre eux.

— Tu as entendu ? Elle a dit « couilles » !

Je les regarde en haussant les épaules. J'aurais presque envie de leur tirer la langue. Je me contiens et commence à compter à rebours.

— Cinq, quatre, trois, deux…

— Un, conclut pour moi un jeune homme.

Je me retourne, m'accoude au bureau, penche la tête en arrière et éclate de rire. Nicolas, les mains dans les poches d'un jeans brut, chemise blanche cintrée et entrouverte sous un blouson de cuir noir, me regarde en souriant.

— Je ne parviendrai jamais à savoir comment tu fais pour réussir ton coup à chaque fois.

— C'est tout un art, ma belle. Si je te révélais mon secret, je ne pourrais pas profiter de l'effet jubilatoire que ça me procure à chaque fois.

Je fais mine d'être fâchée et lui donne une tape sur la poitrine.

— Ça m'énerve parce que j'ai beau essayer de te repérer, je n'y arrive pas. Tu es très doué, inspecteur.

— Il paraît. Enfin, c'est Eve qui va être contente que tu ne portes pas atteinte à mes attributs. Viens dans mes bras, que je t'accueille dignement.

Je m'accroche à son cou et l'embrasse à pleine bouche. Cela peut paraître intime ou provocateur, mais c'est notre manière de nous dire bonjour.

Nicolas glisse ensuite mon sac de voyage sur son épaule. J'enfile mon manteau de laine pour affronter la fraîcheur des journées parisiennes, le temps ici est beaucoup moins clément qu'à Rome.

— C'est tout ? Tu as vendu ta garde-robe impressionnante pour subvenir aux besoins alimentaires de la planète, en souhaitant faire une bonne action ?

— Idiot ! lancé-je en glissant mon bras sous le sien. Le reste de mes bagages arrivera en container avec les affaires de mes parents dans le courant de la semaine et sera livré à Rambouillet. Lorsque je saurai enfin où je vais poser mes fesses, je les récupérerai.

— Seigneur, d'ici là, il va te falloir te contenter de quelques nippes !

Je lève les yeux au ciel.

— Je ne suis pas accro aux vêtements de créateur !

— Non, bien sûr que non ! Montre Gucci, sacs Vuitton, robe Lagarfield, chaussure Jimmy Choo…

— Ah non, tu te trompes ! La robe, c'est une Versace.

Enfants, nous jouions à découvrir l'origine des tenues portées par les inconnus que nous croisions. Nico est, indubitablement, le meilleur de nous deux à ce jeu-là. Cette distraction nous tenait occupés, cachés derrière les tentures des salles de réception, les soirs de galas à l'ambassade. Un petit divertissement que nous avons poursuivi par la suite, en toute occasion, en week-ends, au lycée, au resto… Nous pouvions tout identifier, y compris les enseignes telles que H&M, Zara… C'était l'une de nos occupations favorites pendant toutes les années durant lesquelles nous avons vécu ensemble.

Plus qu'un simple ami, Nicolas est mon compagnon de toujours, de deux ans mon aîné. Mon père avait recueilli ce petit orphelin quelques mois après la mort de sa famille. Sa seule parente, une tante, cuisinière attitrée de mes parents, s'avérait plus intéressée par l'assurance vie dont elle était bénéficiaire que par son neveu. Elle l'avait négligé plutôt que maltraité, bien que l'on puisse se demander où se situe la limite. C'est Georges, notre chauffeur, qui s'était ému devant ce petit bout de chou qui le suivait comme une ombre dans les couloirs de notre résidence à la recherche d'un peu de chaleur humaine. Cependant, son métier et son statut de célibataire ne lui permettaient pas de gérer un enfant si jeune. C'est ainsi, par un curieux concours de circonstances que Nico se retrouva un beau matin dans les bagages de ma famille, d'ambassade en ambassade pendant plusieurs années, jusqu'à ce qu'il soit autonome et termine sa scolarité en pension.

À l'annonce de son départ pour le pensionnat, je n'avais pas décoléré pendant plus d'une semaine. À quinze ans, d'un caractère bien trempé, je tenais tête à ma mère tandis que mon père cédait à toutes mes requêtes. Il me suffisait de demander et tous mes souhaits se trouvaient exaucés. Une vraie petite princesse devant laquelle tout le monde s'extasiait !

Cependant, cette fois-ci, rien n'y fit, même sous la supplique. Nicolas prit le chemin d'un établissement huppé ; il n'y avait rien à redire. Il manquait peut-être d'amour paternel, mais de rien matériellement. Je fus contrainte, quant à moi, de suivre mes parents de l'autre côté de l'Atlantique, pleurant tous les soirs, dévastée par cette séparation. Qu'allais-je devenir sans lui ? Malgré — ou à cause — de la distance, nos liens se renforcèrent. Je devins plus rebelle que jamais. Je prenais un vol quand cela me chantait et allait rejoindre Nicolas pour les vacances. Mon cursus scolaire en souffrit un peu, mais j'étais, aux dires de tous, brillante, intelligente, sans compter que je savais m'entourer des personnes à connaître et à fréquenter. Toujours au bon endroit, au bon moment, un sens de l'à-propos particulièrement subtil, disait-on. Nicolas, quant à lui, ne ratait jamais une occasion, quitte à se mettre en difficulté scolaire, de me suivre dans tous mes coups tordus. Nous profitâmes de mon autonomie pendant deux ans. Puis mon père usa de contraintes pour me remettre dans le droit chemin, selon ses propres dires. Ma position de fille d'ambassadeur, descendante d'une famille honorable, ne souffrait aucun dérapage. Je n'avouai jamais à Nicolas les raisons qui me firent, un temps, rentrer dans le rang. Il ne les connaît toujours pas : mon père menaça de lui couper les vivres. Il m'interdit de songer à une quelconque relation avec lui. Comme… si j'avais songé un jour à nouer des liens amoureux avec Nicolas, mon frère, mon confident, mon meilleur ami ! J'en fus terriblement blessée.

— *Mais papa, je croyais que tu l'aimais ?*

— *L'aimer ? Je lui fais la charité depuis presque quinze ans parce que Georges nous l'a quasiment imposé ! C'est largement suffisant !*

— *Maman, dis quelque chose !*

— *Il suffit, Suzie ! Ce garçon n'est pas de notre condition ! J'ai fait preuve d'assez de largesses. Il obtiendra sa licence de droit, et basta ! Quant à toi, un autre destin t'attend.*

Deux ans plus tard, l'ingérence de mon père dans ma vie faillit bien me tuer. L'année de mes dix-huit ans, à l'insu de ma famille, je rejoignis Nicolas et nous cohabitâmes pendant trois mois dans un petit studio sous les toits de Paris, à Montmartre, tandis que je suivais des cours d'art au Louvre. La peinture, ma passion ! Comme je n'étais pas encore majeure — il ne manquait que quelques mois afin d'obtenir ma liberté —, mon père envoya ses détectives à mes trousses et c'est ainsi que Georges nous retrouva un matin tranquillement installés à la table des *Trois Magots* et nous sermonna vertement. Je le suppliai de me laisser ici jusqu'à mon anniversaire, date à laquelle je pourrais échapper à la tutelle de mon géniteur. Rien n'y fit, ni mes prières ni son attachement pour Nicolas. Le pauvre homme ignorait les raisons de ma fugue, et je me refusais de les lui révéler, encore trop fragile pour dévoiler au monde le vrai visage de mon père.

Depuis, une haine féroce envers cet homme ne me quitte pas et je m'efforce sans relâche de ternir cette image de jeune fille honorable. Je n'ai de cesse de le défier et je ne compte plus le nombre d'hommes avec lesquels je me suis « pervertie ». C'est du moins ce que pense mon père.

— Depuis quand tu portes des chemises Hugo Boss ?

— Depuis qu'Eve en a décidé ainsi, c'est-à-dire depuis que nos salaires nous le permettent.

— Je suis si fière de toi, *monsieur l'inspecteur de la PJ*. Mais tu aurais pu embrasser une belle carrière de mannequinat si tu m'avais laissé te présenter mon ex. Il t'aurait proposé quelques contrats juteux.

— C'est toi qui aurais dû accepter sa proposition, tu serais devenue la nouvelle égérie de Karl. J'aurais adoré tes face à face avec Naomi et vos crêpages de chignon, ce qui se serait indubitablement produit, vu ton sale caractère.

Je fais la moue. À vrai dire, ma passion pour les vêtements n'est que de la poudre aux yeux. Je suis, en réalité, loin d'être aussi futile que ce que je souhaite faire croire. Mais cela irrite tellement mon père !

— Mouais, probablement, réponds-je, laissant croire que j'aurais pu me satisfaire de ce genre d'occupation.

— Quels sont tes projets professionnels, à part éblouir les pauvres mâles qui croiseront ta route ? me demande Nico.

— Eh bien, c'est un boulot à temps complet. Je n'ai déjà pas une minute à moi… Mais je vais faire un petit sacrifice et m'occuper de la décoration de ta future maison. Eve sera ravie de l'aubaine.

Nous parvenons aux portes coulissantes quand un homme me heurte de plein fouet, manquant de me renverser, s'excusant à peine et poursuivant sa route quand Nico l'interpelle tandis que je masse mon épaule endolorie.

— Robert ? Qu'est-ce que tu fiches ici ? s'exclame mon compagnon.

Un grand brun à l'allure athlétique se retourne vers nous.

— Ah, Nicolas ! Désolé, mais Élise va me tuer, j'ai oublié l'heure.

— Encore le nez dans ce procès ? Lâche l'affaire mec, ton client est un salopard. Élise revient aujourd'hui ? Tu aurais dû me le dire.

— Je ne t'en ai pas parlé parce qu'elle ne fait qu'une escale de quelques heures. Son prochain vol est à 16 heures, ajoute-t-il, fronçant les sourcils en regardant sa montre. Elle repart dans… mince, une demi-heure !

Nicolas lui tapote l'épaule d'un signe encourageant.

— C'est sûr, elle va te tuer frérot et tu l'auras mérité. Je suis persuadé que son avocat lui trouvera des circonstances atténuantes.

J'écoute leur discussion, en déduis que ces deux-là se connaissent bien, tout en dévisageant le jeune homme. Grand, brun, silhouette fluide et élancée. Costume gris de chez Givenchy, chemise blanche et cravate dénouée Dolce & Gabana, chaussures italiennes noires dont j'ai oublié le nom — une première pour moi — particulièrement lustrées.

Une coupe de cheveux courte met en valeur les traits fins, mais virils de son visage et ses lèvres sont particulièrement sensuelles. Après cet examen minutieux, je désespère que Nico me présente enfin ce mâle diablement sexy dont le physique correspond parfaitement à mon genre d'hommes. Je toussote donc pour signaler ma présence.

— Tu ne me présentes pas à ce goujat qui a failli me renverser et qui ne cherche même pas à s'excuser ? minaudé-je.

L'ami de Nico regarde toujours sa montre et se mordille les lèvres, préoccupé. Il ne lève même pas les yeux sur moi. Je n'arrive pas à y croire, aucun mec n'ignore Suzie Jasmain !

— Pas maintenant. Robert doit retrouver sa petite amie avant qu'elle ne décolle à nouveau. Allez, file ! conclut-il après une tape virile sur le bras de son ami.

Ce dernier tourne les talons sans se faire prier.

Il ne m'a même pas regardée !

— Eh, Rob, n'oublie pas, 19 heures ! Et ne sois pas en retard, parce que quelque chose me dit que tu ne serais pas à la fête si tu refais le coup de la dernière fois à Eve.

Robert lève le pouce sans se retourner et court vers les comptoirs d'embarquement tandis que nous franchissons les portes de l'aéroport. Ma curiosité est à son comble. Qui est donc ce type qui m'a totalement ignorée ?

— Est-ce *le* Robert dont tu me rabâches les oreilles depuis toutes ces années et que je ne suis jamais parvenue à rencontrer ?

— En effet, c'est lui ! Tu feras plus ample connaissance avec lui à la fête de ce soir. Clém viendra avec son mec du moment.

— Clémence ? Celle qui n'a que les mots « pénis », « fellation » et « orgasme » à la bouche ? La Clémence qui se frotte à toi comme une chatte en chaleur dès qu'elle le peut ?

Comment ta femme peut-elle la tolérer ? Elle n'a pas peur que tu cèdes à ses avances ?

— Je ne cède plus aux avances de personne, tu le sais bien ! Et toutes les deux sont amies depuis très longtemps, Eve sait que ce n'est qu'un jeu pour Clém.

— Un jeu auquel beaucoup d'hommes se laissent prendre. Quand un petit cul sexy vient se frotter au bon endroit, les sentiments passent à la trappe et vos petites queues frémissent sous la caresse de mains expertes. Je te le prouve quand tu veux.

— Une seule femme m'excite et aucune autre, aussi bandante puisse-t-elle être, ne retient désormais mon attention.

— Waouh ! Pas de coup de canif dans le contrat, ni de tentations ? Jamais ?

— Je l'aime plus que tout au monde, Suzie. Elle donne un sens à ma vie. Alors non, aucune femme ne suscite mon intérêt.

Nicolas me regarde d'un air grave, accentuant ainsi le sérieux de ses propos. J'ai subitement envie de pleurer tellement ces phrases me rappellent des promesses d'amour éternel qui se sont envolées au gré du vent. Je m'efforce de reprendre le contrôle avec une réponse enjouée et moqueuse.

— Oh non ! Rendez-moi Nicki ! Qui que vous soyez, sortez de ce corps !

— Moque-toi ! On en reparlera quand tu retomberas amoureuse à ton tour.

— Pfff ! Dans tes rêves !

— On verra.

Chapitre 2
La rencontre

Nicolas

Eve, dans une robe noire qui lui descend à mi-cuisses, pose son verre sur l'îlot central de la cuisine quand la sonnette retentit.

— Ne te presse pas, mon amour, il n'est que 19 heures et les invités sont juste attendus dans la minute ! me lance Eve tandis que je sors de la salle de bain en boutonnant nonchalamment ma chemise

— Eh ! Ne t'en prends qu'à toi-même. Qui est venu me narguer dans la salle de bain en tortillant son petit cul sexy ? Oserais-tu dire que tu regrettes ? dis-je en m'avançant vers elle pour la coincer contre l'évier.

— À vrai dire, vu la taille minimaliste de toutes les pièces de cet appart, j'ai vite fait de te mettre mes fesses sous le nez, pas besoin de faire beaucoup d'efforts ni de provoc.

— Vraiment ? Moi qui croyais que tu ne pouvais pas résister à mon sex-appeal.

— Pour l'instant, range ton sex-appeal quelque part parce que nos invités sonnent à la porte.

Je bougonne en reculant. Cette femme est une tigresse, son corps de déesse me rend fou de désir sans même le toucher. Me voilà bien embarrassé, à l'étroit dans mon pantalon, ce que ne manquera pas de remarquer la bande de joyeux drilles qui tambourinent à la porte, Clémence en particulier, qui a la fâcheuse manie d'avoir toujours les yeux rivés sur l'entrejambe des mecs. Eve sourit en me regardant, s'approche de moi pour m'embrasser, sort la chemise de mon jeans me caressant au passage.

— Qu'est-ce que tu fais, diablesse ? Tu trouves que tu ne m'as pas assez chauffé ?

— Tu es toujours excité. Je fais en sorte que Clémence ne fasse pas une fixette sur ta protubérance, elle ne te lâcherait pas de la soirée. Quant à Suzie, elle te reprocherait une faute de goût impardonnable. « Seigneur, une chemise Hugo Boss dans un Levis ! »

— Tu te moques de Suzie, là ?

— Bien sûr que non, tu sais bien que ceci n'est qu'un amusement pour elle ! Jouer la blonde écervelée pour exaspérer ses parents. Il va bien falloir qu'un jour, elle montre son vrai visage.

— J'ignorais que tu l'avais percée à jour.

Eve me repousse et je me dirige vers la porte d'entrée

— On arrive, patience ! Eh oui, mon cœur, Suzie n'est pas celle qu'elle veut laisser croire. Elle va finir par s'épuiser avec ce rôle, tu devrais lui dire, elle pourrait t'écouter, ajouté-je en ouvrant la porte.

— Enfin, qu'est-ce que vous foutiez ? Vous baisiez comme des malades ? J'espère que vous n'avez pas fait ça sur la table de la cuisine, s'écrie Clémence en pénétrant dans la pièce, son nouveau mec sur les talons, un certain Matthias, si mes souvenirs sont bons.

— On n'a pas de table, Clém, mais je te promets que dans notre future maison, c'est ce que l'on testera en premier pour s'assurer de sa solidité, dis-je en la débarrassant du bouquet de fleurs qu'elle me tend et jetant un coup d'œil circulaire en me demandant ce que je vais bien pouvoir en faire.

— Pourquoi tu t'obstines à nous offrir des fleurs à chaque fois que tu viens ? Je n'en achète pas parce qu'on ne sait jamais où les mettre dans cet appart. Et on n'a toujours pas de vase d'ailleurs, tu ne l'ignores pas, que je sache.

Une Clémence hilare se colle à moi alors que je dépose le bouquet dans l'évier.

— Ben, mon grand, c'est justement pour ça et pour voir ta tête.

— Mince, alors ! s'exclame ma femme, un petit sourire narquois sur ses lèvres. Moi qui croyais que tu cherchais juste à me faire plaisir !

— Bien sûr, ma chérie, mais la tête qu'il fait prime sur tout ! réplique Clémence.

Je soupire en me tournant vers Matthias.

— Cette fille est folle. Mais je suppose, Matt, que tu le sais déjà !

— En effet, c'est d'ailleurs ce qui m'a attiré en premier lieu chez elle.

— Oui, bien sûr, juste après mon cul, mes seins et mon talent pour la fellation.

La sonnette retentit à nouveau.

— Ce doit être Suzie, suppose Clémence.

— Ou Robert, suggère Eve.

Clémence consulte sa montre.

— Non, c'est forcément Suzie, il n'est que 19 h 15. Trop tôt pour Robert.

— Il m'a promis d'être à l'heure, répliqué-je.

— D'être à l'heure, pas en avance. Même à son enterrement, il sera en retard, c'est Roby. C'est l'une des choses qui m'exaspérait chez lui, c'est d'ailleurs pour ça que je l'ai quitté.

Je manque m'étrangler avec ma bière.

— Tu plaisantes ?

— Pas du tout. Dommage, car il baisait bien !

— Attends. Dis-moi si j'ai bien tout saisi : tu maintiens, encore aujourd'hui, que la raison pour laquelle vous vous êtes séparés, pendant que nous étions à la fac, est qu'il était toujours en retard à vos rendez-vous ? Ce n'était pas simplement une excuse bidon ?

— Mais non ! Ses manies et ses travers m'exaspéraient. C'était devenu intolérable.

— Je n'arrive pas y croire. Je comprends qu'il ait été aussi déprimé après votre rupture. J'étais persuadé que c'était une blague. Et vous étiez amoureux !

— Tu sais, les sentiments amoureux, ça passe aussi vite que ça vient, la preuve.

— Quoi la preuve ? demandé-je.

— Je suis tombée amoureuse des centaines de fois depuis, et aujourd'hui c'est de Matt. Je l'aime, pour l'instant. Peu importe ce que ça durera, ce n'est pas important. N'est-ce pas, bébé ?

— Peu importe ce que durera quoi ? s'enquiert Robert qui se penche pour embrasser Clémence.

— Je n'en crois pas mes yeux ! Tu es en avance !

— Pas vraiment, non, je suis encore le dernier.

— Non, il manque Suzie, précise Eve.

— En effet, Suze est en retard. Comment est-ce possible ? Seigneur, ce n'est pas conforme à l'étiquette, minaude Clémence. Je suis sûre que Georges, son chauffeur, va se prendre une de ces engueulades pour n'avoir pas su éviter les bouchons.

— Clémence, tu es une peste, m'indigné-je.

Eve suit l'échange sans intervenir. Notre duo « Clémence/Nicolas » vaut le détour, à ce qu'il paraît. Mais c'est sans compter Robert qu'elle titille sans arrêt, ce qui donne parfois des discussions houleuses, mais bon enfant. Nous nous connaissons depuis si longtemps ! Je me demande comment le pauvre Matt va trouver sa place. Je ne suis pas inquiet pour Suzie, qui prendra la sienne sans problème, car elle connaît tout le monde hormis Robert, pour l'instant. Par un curieux concours de circonstances, ces deux-là ne se sont jamais croisés. Je me surprends à me demander comment, au fil des ans, une telle chose a pu se produire. C'est somme toute incroyable et si hautement improbable que le destin n'ait jamais mis face à face ces deux protagonistes, alors que l'un et l'autre interfèrent constamment dans nos vies. Bien sûr, ma petite mystique de femme doit avoir son explication personnelle sur le sujet.

— Eh bien, fait remarquer Robert, tout le monde connaît Suzie, et moi, qui suis le meilleur ami de cet olibrius, je n'ai, en presque dix ans d'amitié, jamais rencontré cette femme jusqu'à ce matin. Comment est-ce possible ?

— Je m'en faisais justement la réflexion, répond Eve en se levant alors que la sonnette carillonne à nouveau.

— Seigneur, quelle chaleur ! J'espère qu'il y a la clim dans ton petit nid d'amour. Ces embouteillages, quelle horreur ! Georges vieillit, je crois qu'il ne connaît plus les bons plans pour éviter les points chauds de la ville, s'exclame Suzie en pénétrant dans l'appartement surchauffé.

Clémence me fait un clin d'œil, l'air de dire : « Tu vois, je te l'avais bien dit. »

— Bienvenue au *sauna room* pour cette ultime soirée dans notre humble demeure, lance Eve avec emphase en introduisant la dernière invitée dans notre minuscule salon.

— Je me demande bien pourquoi on n'a pas attendu la pendaison de crémaillère dans votre nouvelle maison, plutôt que fêter la fin de celle-ci. J'avais oublié que c'était grand comme une boîte de sardines, gémit Suzie en tentant de s'asseoir entre Clémence et Robert.

— Peut-être parce que tu nous as imposé cette soirée ? répliqué-je, accoudé à l'îlot central qui sépare la cuisine du salon, ma femme calée entre mes jambes.

Elle écarquille exagérément les yeux et porte la main sur sa poitrine, heurtant son voisin au passage tellement l'espace est exigu et son geste démesuré et emphatique.

— Mince, tu as failli m'éborgner avec ton caillou ! glapit Robert en portant la main à son visage.

Suzie se tourne vers lui et constate qu'elle vient de l'égratigner avec sa bague. Elle saisit une serviette en papier sur la table basse et essuie la goutte de sang qui perle sous son œil.

— Je suis vraiment désolée. Nos face à face sont un peu brutaux. Ce matin, tu manques de me déboîter l'épaule et ce soir, c'est moi qui te blesse. J'espère que nos prochaines rencontres seront plus calmes. Je me présente, ajoute-t-elle en lui tendant la main, puisque nos hôtes sont si mal élevés, Suzie.

— Robert, répond ce dernier en lui serrant la main.

— Il paraît que tu es avocat. Dans quelle spécialisation ? Comme Eve, finances ?

— Non. Nico te dirait que je défends les criminels qu'il s'escrime à mettre derrière les barreaux. On fait un beau tandem. Lui les arrête, et moi, je les remets dehors. Enfin, c'est sa vision étriquée de mon métier. Tout dépend des affaires en cours. J'ai une nette préférence à être avocat de la partie civile, c'est-à-dire aider les familles dont un des membres a été victime de délits mineurs, ou autres plus graves. Mais quelquefois, en effet, je défends les supposés criminels, et cet abruti ne voit que cet aspect-là de mon métier.

— Mais c'est passionnant ! Une affaire en cours connue ?

— Travail d'investigation sur le viol et le meurtre de la jeune Victorine. Tu en as peut-être entendu parler, elle fait la une des journaux.

— Oh, tous les deux, si on vous dérange, faites-le-nous savoir !

Suzie se tourne vers Clémence et lui lance un regard dédaigneux avant de reporter son attention sur son voisin.

— Désolé, mais je monopolise ton attention. C'est toi la reine de la fête, avec ton retour qui réjouit nos amis, s'excuse Robert.

— Bon, alors, qu'est-ce qu'on mange ? s'inquiète Clémence. Parce que je vais être pompette, si ça continue.

— À vrai dire, j'ai cramé le dîner dans un moment d'inattention, s'excuse Eve.

— Comment ça ? s'écrie Clémence.

Je glousse dans le cou de ma femme tout en resserrant mon étreinte autour de sa taille.

— Non ! Vous avez baisé comme des malades et oublié le plat au four ! Tu nous avais préparé tes fameuses lasagnes ?

Eve hausse les épaules, tandis que je continue de rire, le nez enfoui dans ses cheveux.

— Je suis désolée. Mais j'ai réservé au chinois du coin, et ensuite on va danser. Pour ce dernier soir dans le quartier, j'ai vraiment envie de faire la fête au *All Brass*.

Toute la petite bande se lève, se contorsionnant comme elle peut. Suzie manque de tomber et se rattrape prenant appui sur le torse de Robert, qui en retour, pose sa main sur sa hanche et leurs regards se croisent. Ils se séparent précipitamment, comme gênés par ce fugace contact. Je hausse les sourcils, surpris. J'ai vu briller quelque chose dans le regard de Suzie que je n'ai pas vu depuis longtemps.

La soirée se poursuit au *All Brass*, lieu mythique du quartier. Robert, installé dans une alcôve, sirote un whisky tout en suivant des yeux les danseurs qui se déhanchent sur la piste. Je suis son regard posé sur Suzie qui a un sens affligeant du rythme. Comment une femme qui se déplace avec autant de grâce et de classe naturelle peut-elle manquer autant de synchronisation dans ses gestes au son de la musique ?

Pour autant, elle ne manque pas de cavaliers, c'est tout juste si elle peut respirer. Ils s'agglutinent autour d'elle, tel un essaim d'abeilles sur un pot de miel. Suzie fait toujours cet effet sur les hommes. Elle est sublime.

— Qu'est-ce que tu regardes ?

— Ta copine. Elle danse comme un pied.

— Tu peux parler, tu ne danses jamais. Comment tu peux juger ?

— Ça ne veut pas dire que je ne sais pas danser !

— Si tu le dis !

— En dehors de ça, elle est magnifique, un peu snob peut-être.

— On voit que tu n'as jamais rencontré ses parents ! Tu apprendrais que le mot « snob » a un sens particulier dans cette famille. Pour le père de Suzie, c'est même une ligne de conduite qui se cultive. De plus, ce type est un despote. Suzie n'a pas été à la fête tous les jours. Malgré son côté rebelle et provocateur, elle est loin d'être celle qu'elle semble être.

— Elle fait quoi dans la vie ?

— Ah, vaste question ! Elle pourrait travailler dans une galerie d'art avec son cursus et sa formation, sous la houlette d'un restaurateur de tableaux ou obtenir un poste de management dans une grande entreprise avec son MBA. Vu qu'elle parle couramment le français, l'anglais, l'allemand, l'espagnol, l'italien, le russe et le portugais, entre autres, ses opportunités sont infinies. Elle pourrait mener une brillante carrière dans de nombreuses branches, sans le devoir à qui que ce soit, juste à ses compétences. Mais Suzie en veut énormément à « papa » depuis qu'il a décidé que je n'étais pas un mec assez bien pour elle et qu'il a failli suspendre le financement de mes études. Il l'a éloignée de moi, à des milliers de kilomètres. Suzie a donc décidé de vivre de ses rentes et de contrarier ses plans en fréquentant les pires dépravés qu'elle puisse rencontrer. Ternir son image en côtoyant des mecs qui sont loin d'être à hauteur des espérances de son géniteur est son premier objectif. C'est ça son boulot !

— Comment ça ? Je croyais que tu avais suivi des études dans un pensionnat huppé et qu'il t'avait adopté officiellement ?

— Oui, c'est vrai pour le pensionnat, mais il ne m'a jamais adopté. Suze ignore que je suis au courant pour le chantage. De fait, je sais des choses qu'elle n'imagine même pas et j'espère que personne ne les lui révélera. Elle éprouve assez de haine à l'encontre de son père, inutile de lui donner encore du grain à moudre. Si elle apprenait les liens entre Georges et Arthur… Bref, je te passe les détails.

— Georges et Arthur sont amants ? Georges l'a obligé à s'occuper de toi ?

— En quelque sorte.

— Tu ne m'as jamais parlé de tout ça. Comment ça se fait ?

Je hausse les épaules.

— Je sais pas. Peut-être était-ce trop douloureux d'admettre à voix haute que je ne valais rien pour personne ?

Chapitre 3
Fin de soirée

Eve

La soirée se termine à l'aube. Suzie est d'une endurance incroyable malgré le décalage horaire. Je suis impressionnée et je me demande comment elle parvient à tenir la cadence. Nous avons toutes bu plus que de raison, mais Suzie semble la plus sobre. Elle a flirté avec tous les garçons ayant tenté leur chance, sans s'éclipser avec l'un d'eux comme de coutume. J'en suis surprise.

— Je crois que Suzie a un faible pour Robert, déclaré-je à mon mari alors que nous nous glissons dans notre lit au petit matin.

— Qu'est-ce qui te fait dire ça ?

— Elle ne l'a pas quitté des yeux de toute la soirée.

— C'est peut-être réciproque.

— Ah bon ? Il t'a fait des confidences ?

— Non. Mais il n'a pas arrêté de la mater, lui aussi.

— Il n'a pas cherché à l'inviter à danser, ni même à s'en approcher, pour autant !

— Tu sais bien qu'il ne sait pas danser, même s'il prétend le contraire, et elle non plus d'ailleurs. Pourtant, ce n'est pas faute d'avoir essayé de lui apprendre ; elle n'a aucun sens du rythme. Et malgré toutes les astuces que m'a enseignées…

— Ah, je t'interdis de parler d'elle !

— Non, j'y crois pas, tu es toujours jalouse de…

— Si tu prononces son nom, tu vas dormir sur le canapé.

— C'est incroyable que parmi toutes les femmes que j'ai fréquentées…

— Que tu as baisées, et j'ai mes raisons.

Nico se met à califourchon sur moi et coince mes bras au-dessus de ma tête, puis se penche pour effleurer mes lèvres. Ça l'amuse, le saligaud, ça flatte son ego de me savoir jalouse. Jamais, durant toutes les années fac, alors qu'il ne voyait en moi qu'une amie et qu'il flirtait effrontément avec toutes les filles passant à sa portée, je n'avais fait montre d'une seule once de jalousie, tant et si bien qu'il fut totalement surpris quand il me découvrit follement amoureuse de lui. J'éprouve juste du ressentiment pour l'une d'elles et je ne supporte pas qu'on l'évoque, bien qu'elle fasse partie de son passé. Qu'une femme âgée de dix ans de plus que son élève ait décidé de son dépucelage et de son apprentissage me révolte, même si Nicolas m'a assuré que c'était lui l'instigateur de cette relation — tordue à mes yeux —, alors que Nico l'a trouvée, lui, très enrichissante.

Tu m'étonnes!

— J'adore quand tu t'énerves, ça m'émoustille !

— Je te l'ai déjà dit, tu n'as besoin de rien pour être excité. Et range ton engin. J'ai la migraine, j'ai trop picolé. Je me demande comment fait Suzie pour rester aussi pimpante malgré les heures de vol et tous les mojitos qu'elle a ingurgités. Quelle endurance !

— L'endurance, c'est dangereux parce que ça repousse les limites. Heureusement qu'elle ne conduit pas. Il faudrait vraiment qu'elle abandonne ses comportements addictifs.

— Tu crois qu'elle se drogue ?

— Non, bien qu'elle ait fréquenté un drogué pendant quelque temps, me répond Nico en se laissant tomber près de moi et m'attirant vers lui pour me nicher sur son torse.

— L'alcool et les hommes, c'est bien assez, tu ne trouves pas ?

— Elle va finir par tomber amoureuse, un jour, et se calmer.

— Je ne sais pas, elle est toujours à la recherche d'un nouveau défi pour provoquer Arthur. J'ai peur que cette quête lui fasse perdre sa chance de trouver le bonheur.

— L'amour te percute quand tu ne t'y attends pas, tu le sais bien, et toute ta vie s'en trouve chamboulée sans que tu ne puisses rien maîtriser.

— C'est vrai, mais parfois on met longtemps à comprendre et on se perd dans de futiles relations.

— Parfois, il faut que jeunesse se fasse.

— Tu m'impressionnes toujours pour expliquer mon manque de discernement pendant autant d'années. Tout ce temps perdu !

— Rien n'est perdu, mon amour. Le bonheur se vit dans l'instant. Il fallait qu'il en soit ainsi pour que nos moments d'aujourd'hui soient aussi intenses, lui soufflé-je dans le creux de l'oreille tandis que je glisse au-dessus de lui.

— Tu cherches à prouver quelque chose ?

— Non, j'ai juste envie de toi.

— Et ta migraine ?

Chapitre 4
Mon nouveau projet

Suzie

La soirée débute sous d'excellents auspices. Assise près de Robert, nous devisons agréablement de tout et de rien. Je l'incite à me parler de lui — bien que j'en sache déjà beaucoup par Nico, bien évidemment. Il s'emballe à l'évocation de ses passions : son métier, le surf, la natation, l'océan, sa famille et sa région d'origine, le Bordelais. Séduite par sa voix enjôleuse, je subodore qu'il doit être un excellent orateur dans un prétoire.

— Et donc, ton projet, c'est d'exercer à Bordeaux bientôt ?

— Oui, bien sûr : ma famille me manque. Avec mon boulot, je vois trop peu mon frère Ludovic, sa femme Éléonore et ma sœur de cœur, Meg. Ces deux-là, je les connais depuis que je suis enfant et que nous passions toutes nos vacances dans la demeure familiale à Soulac-sur-Mer. Nous y avons tellement de souvenirs communs, surtout chez la grand-mère d'Élo, Abuelita Carmen, une sainte qui, je me demande bien comment, peut encore nous supporter.

— Nico et moi n'avons connu que les vacances guindées dans de grands hôtels de luxe. Je reconnais que ça a quelques avantages, mais ça manque un peu de chaleur humaine. J'ai fait le tour de la planète, rencontré des centaines de personnes, mais hormis Nico et Eve, je n'ai pas d'amis.

— Nicolas est plus qu'un ami, il me semble.

— C'est vrai ! Et je suis contente d'être de retour et de partager son bonheur. Je ne crois pas que j'aurais eu la patience d'Eve, si j'avais été à sa place.

— Eve est une grande romantique qui croit au destin, attendant son heure. Elle nous a avoué être tombée amoureuse de Nicolas le jour où celui-ci s'est cassé la figure devant le banc où elle étudiait. Il matait une fille, comme à son habitude. Je me souviens qu'elle lui a proposé un mouchoir. Ce bougre l'a pris tout en lui demandant quoi en faire. Je n'ai jamais autant ri que ce jour-là. « Pour essuyer la bave qui coule de tes lèvres à regarder cette fille qui se fiche complètement de toi », lui a-t-elle rétorqué. Il a adoré son humour, et moi aussi. Nous avons été inséparables après ça, mais tu le savais peut-être ?

— Je connais l'histoire, en effet.

Je le fixe intensément, ses yeux pétillent à l'évocation de ce souvenir. Je m'enflamme sous son regard bleu électrique. Tout en l'écoutant, j'avance la main pour prendre mon verre de vin et, perturbée par une foule de sensations, je le renverse. Robert réagit aussitôt et éponge le liquide ambré qui se répand sur la nappe. Nos doigts se touchent. Une onde de chaleur m'envahit, la même que chez nos amis, quand je m'étais retrouvée dans ses bras, ses mains sur mes hanches, ma main sur sa poitrine. Je romps le contact, embarrassée d'éprouver quelque chose d'intensément troublant.

Une fois en boîte de nuit, je m'ingénie à attirer son attention, sans succès, puis, vexée, je lui tourne ostensiblement le dos avant de revenir à la charge. Décidément, je ne sais pas vraiment ce que je veux ! Lui m'évite avec application, c'est une évidence. Pourtant, je le surprends à me suivre des yeux tandis que je me déhanche sur la piste, au milieu de mecs qui rêvent de finir la nuit dans ma chambre. En fait, j'aspire à ce qu'il vienne sur le *dancefloor*, qu'il pose à nouveau les mains sur moi. Je voudrais une nouvelle fois ressentir cette vague de chaleur, la laisser s'amplifier.

Je tente d'ignorer ces sensations, faisant mine de ne pas les comprendre. Mais je ne les connais que trop bien, ces signes d'une délicieuse attraction physique, cette envie comme je n'en ai plus jamais éprouvée depuis… Non, il ne faut pas y penser ce soir ! Ce soir, je veux du sexe. Je suis en manque, sans compagnon à ma mesure depuis… trop longtemps. Robert s'avère être un bon coup, aux dires de Clém : une pointure en la matière qui caracole dans son top trois, classement revisité à chaque nouvelle rupture. Robert reste son étalonnage de référence, nous a-t-elle avoué un jour ; le savoir m'émoustille.

Mais voilà, rien ne s'est déroulé comme je le souhaitais. Et quelques heures plus tard, je tourne et vire dans les draps soyeux d'un trop grand lit *king-size*, désespérant de trouver le sommeil dans cette luxueuse suite du *Four Seasons*. À quoi bon un décor de rêve sans personne avec qui le partager ? Et Dieu sait que depuis que j'ai rejoint mon hôtel, je connais parfaitement le nom de celui qui devrait être à mes côtés en ce moment ! Alors oui, je suis frustrée, et seule, terriblement seule avec cette tension entre mes cuisses.

— Grrr, râlé-je, je ne me suis pas masturbée adolescente, je ne vais pas commencer maintenant !

Ah, tu aurais pu rentrer avec le dénommé Lucas, il n'était pas mal du tout !

Oui, mais non, il était trop collant !

Pfff ! Ce n'est pas ce que tu cherches d'habitude ? Il t'aurait contentée, au moins.

Je soupire, me lève pour aller remplir la baignoire et m'y glisser, espérant trouver un peu d'apaisement. Mais toutes mes pensées reviennent immanquablement vers le beau brun.

En tout cas, tu as de grandes chances de le revoir, lui, Nico et Eve sont inséparables, à ce que j'ai compris.

C'est décidé, dès demain, je me mettrai en quête d'un appartement à proximité de mes amis. Tant pis s'ils me trouvent envahissante, il me faut absolument revoir Robert !

Tu sais qu'il a une petite amie, quand même ?

L'hôtesse de l'air ? J'en fais mon affaire !
Si tu le dis ! Il est peut-être amoureux, et fidèle ?
Les mecs fidèles, ça n'existe pas !
Nico semble l'être !
Ah oui, mais lui, ce n'est pas pareil !
Et pourquoi ?
Eh bien parce c'est Nico, et qu'il est amoureux de sa femme.
Ta logique est vraiment indiscutable.

Cette logique « à la Suzie » que l'on m'a souvent reprochée, Nico le premier ! Mais là n'est pas la question. Ce mec, je le veux dans mon lit et je l'aurai.

Je prends ma respiration et me laisse couler sous l'eau, puis je compte jusqu'à dix avant de reprendre mon souffle, un moyen imparable pour me calmer. Je repousse mes cheveux en arrière, sors de la baignoire et me glisse sous une douche glacée.

— À nous deux, je suis de retour et un nouveau challenge se présente à moi. Il était temps, je commençais à m'ennuyer, lancé-je au reflet dans le miroir.

Mouais, tu ne crois pas que tu pourrais trouver quelque chose de moins futile ?

Je souris intérieurement.

Comme quoi ? Je ne sais rien faire d'autre !

Suzie ! Nico serait furieux après toi s'il t'entendait te dévaloriser de la sorte !

OK ! Mais c'est encore ce que je sais faire le mieux, et puis personne ne s'attend à ce que je sois capable d'autre chose. Et surtout, je ne voudrais pas décevoir mon cher père !

Chapitre 5
Une amie déconcertante

Eve

— Cette maison est assez cosy, cependant guère plus grande que votre ancien logement. Je m'attendais à quelque chose de plus…, déclare Suzie en me suivant d'une pièce à l'autre.

— Quatre-vingt-dix mètres carrés de superficie contre cinquante-sept ? Plus un jardin, et tu trouves que ce n'est guère plus grand ! Mais c'est le paradis, Suze ! De plus on s'est endetté pour vingt ans. Non, moi j'adore… Viens admirer la vue de notre chambre.

— Désolée, Eve, je ne voulais pas te blesser. Je suis tellement habituée aux grands espaces au centre-ville que cette maison de banlieue me déprime. Vous auriez dû accepter mon offre et vous offrir un appart dans un quartier plus sélect de la capitale.

— C'était très généreux de ta part, mais tu vas voir, nous serons très heureux ici. La roue vient de tourner et le temps des vaches maigres est terminé. Ce poste que je viens de décrocher est la plus belle chose qui pouvait m'arriver, après Nico bien sûr !

Suzie me fixe. Oui, je sais, toutes mes émotions se lisent sur mon visage dès que je parle de mon mari. Je lui porte un amour inconditionnel et éternel, nous sommes unis pour la vie. Suzie se réjouit de notre bonheur, même si elle se moque un peu et qu'elle trouve tout cela très guimauve, *old school* ! Elle jure qu'elle ne vivra jamais une vie aussi étriquée. Je ne lui en veux pas d'imaginer notre avenir ainsi, j'ai plutôt de la peine pour elle, qui ne s'étourdit que dans des relations éphémères.

— Ah, voilà les deux amours de ma vie. Alors, qu'en penses-tu, Suzie ? Une superbe affaire, n'est-ce pas ? nous interpelle Nico alors que nous revenons dans le hall.

Je regarde Suzie, lui adressant un message muet qu'elle saisit immédiatement.

— Oui, un superbe nid d'amour pour mes tourtereaux, conclut mon amie. Bon, où sont les cartons ?

— Là ! Cet enfoiré est un tyran, il se croit au boulot et me prend pour son larbin, lance Robert en déposant son chargement à ses pieds.

— Je vais t'aider, lui répond Suzie en s'avançant.

— Vraiment ? Je croyais que tu partais pour une *cocktail-party* !

Suzie hausse les sourcils, étonnée par la remarque.

— Ta tenue, ajoute notre ami en désignant la robe blanche minimaliste avec des sandales assorties d'une hauteur vertigineuse et une d'une pochette dorée qu'elle cherche à poser quelque part.

Oui, Suzie semble toujours sortir d'un défilé de mode — ou prête à s'y rendre. Elle soigne le moindre petit détail, à l'instar de ses ongles vernis parfaitement manucurés dans une teinte proche de celle de son sac à main. Je me demande s'il résistera au transport des cartons, sans parler de la couleur de la robe, si elle s'obstine à vouloir nous aider.

En réalité, je suis moi-même surprise par cette initiative. En la voyant débarquer, j'ai davantage pensé à une visite de courtoisie qu'autre chose. Mais Suzie est une fille surprenante et son offre est vraiment sincère. Cette nana ne lance jamais de paroles en l'air, elle est toujours franche, spontanée et loyale. Vu la manière dont Robert la dévisage, j'imagine qu'il doute de l'authenticité de sa proposition, ou, tout au moins, qu'il pense qu'elle n'est pas réalisable avec une tenue aussi inadaptée.

Il a, quant à lui, troqué ses costumes de ville contre un jeans déchiré aux genoux qu'il porte avec un débardeur qui épouse son torse galbé et souligne ses abdominaux. Atouts physiques que toutes les filles qui croisent Rob remarquent immanquablement. Pour autant, il faudrait être difficile pour ne pas y être sensible et je constate que notre amie n'y est pas indifférente. Elle le déshabille des yeux, appréciant sa silhouette athlétique. Quand un mec lui plaît, Suzie ne s'en cache pas. Robert ne prête habituellement pas vraiment attention aux regards insistants de ses groupies, mais aujourd'hui, celui de Suzie semble le perturber : je le vois éviter de croiser son regard, mais la moue dubitative qu'il affiche avant de se détourner d'elle n'échappe pas à Suzie.

— Que reproches-tu à ma tenue ? s'enquiert-elle.

Robert toussote, embarrassé, cherchant comment lui faire comprendre sans la froisser. Du pur Robert ! Nico vient à sa rescousse.

— C'est juste que ta robe est un peu *too much* pour ce que nous avons prévu. Comment dire… un peu trop courte pour commencer. Et je sais bien que tu es une experte sur tes quinze centimètres de talons, mais là…

Suzie regarde ses pieds.

— En quoi mes Jimmy Choo pourraient être un problème ?

Les garçons haussent les épaules sans riposter et descendent les marches du perron pour continuer de décharger la camionnette, nous abandonnant dans l'entrée. Le téléphone de Suzie sonne et elle s'éloigne en s'excusant pour répondre à l'appel.

— Elle est vraiment spéciale comme nana. La décontraction elle ne connaît pas ? chuchote Robert à mon mari.

— La Suzie que j'ai connu ado, oui. Mais la femme sophistiquée qu'elle est devenue doit tout réapprendre. Il faut juste qu'elle se souvienne comment on fait. Laisse-lui un peu de temps, c'est une fille formidable derrière le physique de mannequin, lui réplique mon mari à voix basse.

Suzie me rejoint quelques minutes plus tard, l'air visiblement contrariée. Je m'abstiens de la questionner et l'incite à s'installer sur le rocking-chair de la véranda. Mais, manifestement vexée par les remarques de Nicolas, elle refuse de rester sans rien faire.

— Je vais te prêter un short et un t-shirt, lui proposé-je devant son air buté.

Après s'être changée, elle nous rejoint dans la cour. Robert manque de lâcher le carton de vaisselle qu'il porte à bout de bras. Bon, pas une si bonne idée, ce short ! Suzie et moi n'avons pas tout à fait la même taille et sa nouvelle tenue épouse un peu trop les courbes de son corps. Nico me chuchote un « c'est encore pire » à l'oreille. Je hausse les épaules.

— Tu sais bien que, même dans un sac de toile de jute, Suzie serait super bandante, lui murmuré-je en retour.

— Oui, mais c'est un coup bas pour les mecs, ajoute-t-il. Eh, les gars, faites gaffe, regardez où vous mettez les pieds ! crie-t-il aux livreurs qui bavassent devant le physique de rêve de la jeune femme. Ça m'ennuierait beaucoup que mon canapé n'arrive pas à destination.

Quelques heures plus tard, nous nous vautrons enfin sur le moelleux divan, épuisés mais heureux, moi nichée dans les bras de mon mari, Robert et Suzie assis à distance respectable l'un de l'autre, face à nous. Rob s'est efforcé tout l'après-midi d'éviter tout contact avec elle qui, au contraire, n'a eu de cesse de les provoquer.

— On commande des pizzas ? lance Nicolas à la cantonade.

Suzie consulte sa montre.

— Désolée, j'ai un engagement à l'ambassade.

— Je vais rentrer aussi. Faut que je bosse sur mon réquisitoire pour demain, ajoute Robert.

— Ça t'ennuierait de me raccompagner ? lui demande Suzie. Georges va mettre des lustres pour venir de Rambouillet.

— Non, absolument pas.

Nos amis se lèvent, nous embrassent et nous abandonnent. Je me demande ce qui vient de se passer. À aucun moment, ni l'un ni l'autre ne semblait avoir de projets pour la soirée.

— Tu crois qu'on a raté quelque chose ? demandé-je à mon mari.

Celui-ci hausse les épaules.

— Tu sais bien que Suzie est imprévisible !

— Oui, mais pas Robert !

Chapitre 6
Se laisser prendre

Robert

Nous rejoignons ma voiture. J'ouvre la portière pour ma passagère puis je m'installe au volant. Cette jeune femme me met mal à l'aise, je ne saurais dire pourquoi. Elle m'attire, me déstabilise. Sa beauté austère et glaciale m'intimide également. Je déteste son côté rigide, sophistiqué et superficiel. Nicolas a beau m'assurer que tout ceci n'est que façade, j'ai du mal à y croire. Il l'adore, c'est évident, et souhaite que nous devenions amis. Je veux bien, mais je n'arrive pas à cerner sa personnalité et je n'aime pas ça.

Nous parvenons rapidement à destination sans échanger un seul mot. Au moment de descendre, elle se tourne vers moi et me surprend par sa perspicacité :

— Je peux savoir ce qui te déplaît chez moi ?

Je sursaute. Ne sachant vraiment pas quoi lui répondre, j'élude par une autre question :

— Qu'est-ce qui te fait penser une chose pareille ?

— Ton attitude. Tu souffles le chaud froid, comme l'autre soir.

— Comment ça ?

— Nous avons passé un bon moment au resto, non ? Mais depuis, tu ne cesses de m'éviter. J'ai dit ou fait quelque chose qui t'a déplu ?

Je soupire et réfléchis pour bien peser mes mots. Si je la blesse, Nico va me tuer !

— Suzie, tu es une superbe jeune femme, probablement très intéressante. Nico ne tarit pas d'éloges à ton endroit, mais nos centres d'intérêt sont aux antipodes l'un de l'autre, comme j'ai pu le constater lundi soir. Cependant, j'avoue que sur le plan physique, tu m'attires énormément, et c'est… assez déconcertant. Je… Bref, du sexe pour du sexe, ça ne m'intéresse pas. De plus, je fréquente quelqu'un en ce moment.

— Ah oui, l'hôtesse de l'air qui n'est jamais là ! Es-tu amoureux d'elle ?

Encore une fois, je ne sais que lui répondre. Le suis-je ? Je n'en suis plus si sûr. Depuis quelque temps, les absences répétées d'Élise ne me dérangent pas vraiment. La passion des premiers mois est retombée comme un soufflé. Quelques jours plus tôt, j'ai même oublié notre rendez-vous entre deux vols, l'argument « procès en cours » n'étant qu'une piètre excuse. J'en suis persuadé.

— À mon avis, ce n'est plus d'actualité. Oublier un rendez-vous sous le prétexte foireux que l'on est pris par son boulot ! Des arguments de la sorte, j'en ai servi à la pelle. OK ! Pas l'excuse boulot, mais j'ai beaucoup d'imagination.

Cette femme vient en quelques secondes d'analyser la situation d'une manière imparable. Que puis-je répliquer ?

— Où veux-tu en venir, Suzie ? Qu'est-ce que tu cherches ?

— À m'envoyer en l'air avec toi ! Tu ne le regretteras pas. Je suis ce que les mecs appellent « un bon coup ». Et ton ex ne tarit pas d'éloge à ton sujet. De ses dires, tu serais un amant exceptionnel avec une note de dix sur dix. Je connais Clémence depuis longtemps, ainsi que son penchant pour les hommes qu'elle se plaît à évaluer, je ne peux donc que la croire sur parole… mais je préfère me faire ma propre opinion. De plus, je pourrais donner un petit coup de pouce à ta carrière, mon père connaît des personnes influentes.

Je préfère ignorer ses commentaires sur mes prouesses sexuelles. Je crois bien que je vais étrangler Clém ! Comment au bout de dix ans peut-elle encore déblatérer sur mon compte !

Elle te fait des compliments ! Tu n'es pas content d'être dans son top dix des meilleurs coups de sa vie ?

Pour le reste, même si Suzie semble avoir l'habitude de voir les mecs la fréquenter pour paraître dans les tabloïds comme le raconte Nico, je ne mange pas, quant à moi, de ce pain-là. Si elle croit m'appâter !

— Non, je te l'ai dit, les *one shot* ne m'intéressent pas. Quant à être redevable de quoi que ce soit envers quelqu'un, c'est inconcevable pour moi. Ma carrière mettra le temps qu'il faut pour décoller, mais je ne le devrai qu'à moi-même. Et pourquoi ton père m'aiderait-il ?

Suzie glousse et se penche vers moi pour me murmurer à l'oreille :

— Parce que tu as tout du gendre idéal. Ta profession, ton air de bonne famille… Il craquera pour toi à la seconde où je te présenterai.

— Il m'épaulerait, moi, un parfait inconnu, alors qu'il n'a jamais fait quoi que ce soit pour son fils adoptif ?

Suzie se mordille les lèvres, elle ne semble pas savoir comment répondre sur ce sujet bien trop personnel. Elle s'y résout pourtant :

— Nicolas, c'est particulier. De plus, il n'a que le statut officieux de fils. Mon père ne lèvera jamais le petit doigt pour lui. J'en suis indirectement responsable. Ma relation fusionnelle avec Nico l'insupporte. Mon père en est jaloux. Alors, il le lui fait payer. Et Nico n'est ni le gendre idéal, suivant les critères de mon paternel, ni disponible sur le marché des hommes que je pourrais épouser.

— Tu voulais l'épouser ?

Suzie éclate de rire.

— Non, bien sûr que non, bien que notre relation n'ait pas toujours été uniquement fraternelle. C'est d'ailleurs Nico qui a fait mon apprentissage dans un certain domaine… à moins que ce ne soit le contraire, je ne sais plus.

— Je suis au courant de toutes vos frasques. Cependant, vos sentiments auraient pu évoluer.

— J'adore Nico et je ferais n'importe quoi s'il me le demandait. Néanmoins, je n'ai jamais envisagé partager ma vie avec lui. Je le connais aussi bien que moi-même et je ne cherche pas l'âme sœur. Ça n'existe pas ! Enfin, peut-être dans certains cas pour des personnes bénies des dieux !

— Les mecs doivent t'adorer ! Une fille qui ne croit pas à l'engagement, le rêve de tout célibataire ! Mais au risque de me répéter, je ne suis pas le genre de mec qui lève les filles pour une soirée, nous avons encore là des vues sur l'avenir très divergentes.

— Tu crois aux contes de fées ? Tu rêves de rencontrer une femme, l'épouser et lui faire de nombreux enfants ?

— L'avenir le dira !

— Tu es sorti avec Clémence ! Elle est loin d'être la reine de l'engagement ! Elle change de mecs comme de chemise.

— J'étais amoureux et nous avions de nombreux projets d'avenir jusqu'à ce que…

— Qu'elle disjoncte puis se mette à coucher avec tout ce qui bouge ?

Je ne dis rien et laisse mon regard se perdre par-dessus son épaule. À vrai dire, je n'ai jamais compris ce qui s'était réellement passé dans la tête de Clém. L'été précédent notre rupture, nous avions envisagé de vivre ensemble. Je prévoyais même de la demander en mariage dès que nous serions installés. Puis un beau jour, elle a commencé à se plaindre de mes retards incessants qu'elle ne supportait plus et m'avait largué une semaine plus tard sans l'ombre d'une explication rationnelle. Elle n'a pas rompu pour un autre homme — quelque chose que j'aurais pu comprendre ! Encore aujourd'hui, malgré le fait que nous sommes amis, elle ne démord pas des raisons de cette séparation. Même éméchée, l'alcool lui déliant la langue, sa version reste inchangée. Pourtant, on peut dire qu'après toutes ces années, il y a prescription.

— Tu veux être mon cavalier, ce soir ?

— Quoi ?

— Veux-tu être mon cavalier à la soirée de l'ambassade ? J'ai vraiment besoin d'un petit coup de pouce. Je crains que mon père n'ait quelques projets à mon endroit et je souhaiterais bien les foutre en l'air. Je te promets qui si tu me rends ce service, tu me sauverais la vie. À part toi, Nico et Eve, je ne connais presque plus personne ici. Il y a bien trop longtemps que je suis partie.

— Je dois vraiment travailler.

Devant le regard brillant de la jeune femme qui me fixe intensément, je ne saurais dire pourquoi, je m'émeus et finalement je cède.

— D'accord !

Suzie se jette sur moi et dépose un baiser rapide sur mes lèvres, avant de sortir de la voiture, me laissant complètement interloqué.

— À ce soir, 22 heures, suite 222.

Mais qu'est-ce qui m'a pris d'accepter !

Chapitre 7
Une soirée avec lui

Suzie

— Enfin te voilà ! Ton père est furieux, tu devrais être là depuis des heures ! râle ma mère que j'étreins et qui m'embrasse du bout des lèvres.

Je jubile intérieurement, satisfaite de mon petit effet. La seule chose qui me contrarie c'est de savoir qu'elle a dû subir la colère de mon père. Dieu sait combien de verres elle a ingurgités en douce… trop, vu le tremblement de ses mains.

— Qui donc t'accompagne ?

— Maman, je te présente Robert, le meilleur ami de Nicolas depuis la faculté de droit.

— Pfff ! Encore un de ces va-nu-pieds que ton père va détester au premier regard. Tu fais vraiment tout ce que tu peux pour le contrarier.

— Maman, ta réflexion est insultante. Robert est mon invité, excuse-toi et arrête de boire, sifflé-je.

Robert pose sa main sur mon bras pour me rassurer. Mais je n'en ai pas terminé avec ma mère. Je ne supporte pas qu'elle puisse le juger sans le connaître ! Elle est, sous l'effet de l'alcool, aussi odieuse que mon géniteur. Je l'aime autant que je hais mon père, chaque jour davantage, pour ce qu'elle devient par sa faute.

— Excuse-moi une minute Robert, tu veux bien ?

J'attrape ma mère par le bras, la pousse dans une pièce attenante, ferme la porte derrière nous et m'y appuie en soupirant.

— Je veux croire qu'il a été plus détestable que d'habitude pour que tu te laisses aller à des propos aussi déplacés. Maman, quand vas-tu réagir ? Arrête d'avoir peur de lui, quitte-le !

Ma mère se met à pleurer en silence et je la prends dans mes bras pour la consoler.

— Que veux-tu que je fasse ? Je n'ai aucun avenir, je ne sais rien faire, hormis parader à son bras. Toi, au moins, tu as fait de brillantes études, tu pourrais travailler et devenir indépendante. Mais moi ? Il me couperait les vivres, tu le sais bien.

— Je t'aiderai. Pour commencer, tu pourrais te décider pour cette cure de désintoxication dont nous avons parlé maintes fois. Il n'aurait plus de prise sur toi comme ça.

— Nous reparlerons de tout ça plus tard. Je suis désolée d'avoir été grossière avec ton ami. Il est plutôt beau garçon, dis donc !

— Et brillant aussi ! Il travaille pour un célèbre cabinet d'avocats dont le nom fait la une des journaux en ce moment. Crois-moi, il va plaire à papa !

— Vraiment !? Il est célibataire ? Il te plaît ?

— Il est plutôt sexy, tu ne trouves pas ?

— Tous les hommes que tu fréquentes sont séduisants, ma fille ! Tu as toujours eu l'embarras du choix. Rejoignons nos invités, ton père veut te présenter ce magnat de la presse dont j'ai oublié le nom et qui cherche une assistante.

Nous retournons dans la salle de réception et sommes aussitôt happées par nos invités. J'écoute d'une oreille distraite la discussion sans intérêt engagée entre ma mère qui me retient par le poignet et cette vieille peau de madame Rolly. Je cherche Robert, m'inquiétant à tort pour lui. Le jeune homme maîtrise l'art de la conversation, comme je le constate, certainement rompu aux réceptions depuis qu'il est l'égérie de son célèbre cabinet. Je le repère près du bar, sirotant une coupe de champagne en charmante compagnie : une grande rousse affichant sa magnifique plastique dans une robe cocktail qui souligne ses courbes et rit en le touchant en permanence, ce qui m'agace prodigieusement. Nos regards se croisent comme si nous étions connectés, comme s'il avait perçu mon attention sur lui. Je parviens à me dégager des griffes de ma mère et me dirige vers mon cavalier. Quand enfin je le rejoins, la rouquine flamboyante est sur le point de le présenter à mon père qu'elle vient d'intercepter au passage.

— Je ne crois pas me souvenir vous avoir invité, jeune homme.

— En effet, c'est moi. J'espère que ça ne t'ennuie pas que je sois venue accompagnée ? annoncé-je en glissant mon bras sous celui de Robert.

— Ah, ta nouvelle conquête, je présume ! Vous faites quoi dans la vie ? Chanteur, mannequin, artiste peintre en recherche de notoriété ?

— Robert est le meilleur ami de Nicolas et il est avocat chez Cohen et Bosh.

Je mentionne volontairement le prénom de Nicolas pour l'agacer. Mais Arthur, impressionné à l'annonce du célèbre cabinet d'avocats, occulte cette information. Il hausse les sourcils, visiblement étonné.

— Eh bien, ma fille, tu ne cesseras jamais de me surprendre. Tu as le chic pour faire des rencontres des plus inattendues. Tu reviens à la raison. T'es-tu enfin décidée à évoluer dans le milieu de ta condition ? J'avoue que je serais soulagé de ne plus avoir à supporter tous ces coquins et profiteurs qui traînent à tes basques ! Ma fille, voyez-vous, se plaît à me provoquer en fréquentant la lie de la société.

Robert semble embarrassé par cette tirade. Mon père, quant à lui, continue à m'humilier comme à son habitude. Un public d'étrangers le stimule et la rousse suit la conversation avec un vif intérêt. Je reste maîtresse de mes émotions, mon visage n'exprime absolument rien. Je suis très douée pour porter le masque de l'indifférence, même si c'est loin de ce que je ressens vraiment. Et de toute manière, cette joute verbale à sens unique me réjouit, elle prouve que mon comportement le met hors de lui. Je marque des points dans mon combat à lui déplaire en avilissant mon image, et la sienne par la même occasion.

— Vous voulez bien m'excuser un instant ? l'interrompt mon compagnon de soirée en extirpant son téléphone de sa poche et m'entraînant à sa suite.

Il s'éloigne d'un pas rapide, tout en le remettant soudain à sa place.

— Tu ne réponds pas ?

— Non. Je cherchais juste une manière un peu correcte de nous éloigner de ton paternel. Je suis choqué, j'ignorais qu'un père pouvait tenir de tels propos sur ses enfants.

— J'imagine que tu es habitué aux discours aimants de tes parents. Mais il faut que je t'avoue que le portrait qu'il brosse de moi n'est pas mensonger.

— Je sais que tes choix de vie sont un peu... fantasques, et que tes relations, si on peut dire, ne sont pas toujours fréquentables ; mais ce n'est pas une raison pour en débattre en public. Tu penses qu'il vient de m'ajouter à sa liste rouge avec mon attitude grossière ?

Je ris. Mon père n'a pas vraiment l'habitude qu'on l'abandonne alors qu'il monopolise la conversation. J'imagine donc que oui, Robert vient de perdre quelques points, et je m'en réjouis.

— Certainement !

— Si nous partions ? Cette soirée est une horreur ! Comment fais-tu pour supporter cette ambiance grinçante ?

— Je ne la supporte pas, je la vis ! Je m'en accommode depuis l'enfance. Je n'ai pas vraiment le choix !

— On a toujours le choix ! Chacun est maître de sa vie. Pourquoi t'imposes-tu tout ça ?

— Je le fais pour ma mère, c'est aussi un moyen de veiller sur elle.

Robert me regarde, surpris, et attend visiblement que je poursuive.

— Pas maintenant, je n'ai pas envie d'entrer dans les détails.

— On file à l'anglaise ? Je connais un endroit sympa où on pourrait terminer la soirée.

— Dans ma suite ?

— Suzie !

— Je plaisante !

Robert me prend la main et me tire vers la sortie. Il tend les clés au voiturier, tandis que je réajuste la lanière de mes escarpins. Robert m'attend, portière côté passager déjà ouverte, quand ma mère arrive essoufflée et m'interpelle.

— Suzie, je t'interdis de t'en aller !

Comme si m'interdire quoi que ce soit pouvait suffire à me retenir. Ce serait plutôt le contraire ! Robert fronce les sourcils et se demande certainement ce que je vais décider. Je fais un petit signe de la main en direction de maman, pour la narguer, mais ne prends pas le risque de la laisser me rattraper. Je me détourne aussi sec et dévale le perron quatre à quatre. Ma chaussure glisse sur une des dernières marches et j'atterris aux pieds de Robert, ma robe remontée très haut sur mes cuisses.

— Mince, tu t'es fait mal ? s'inquiète-t-il en m'aidant à me relever.

Je ris aux éclats en remettant ma robe en place. Cela faisait des lustres que je ne m'étais pas autant divertie, amusée par la gêne de Robert qui peine à déglutir et rougit comme un puceau. Nous montons sans hâte en voiture. Robert me tient la porte et je m'installe, puis il fait le tour pour prendre place au volant. Je suis des yeux ma mère qui fait demi-tour, les épaules tendues et le dos courbé, renonçant à me poursuivre. Elle s'en va rejoindre son mari qui va l'agonir d'insultes et de réflexions acerbes sur son incompétence. À cette pensée, mon cœur se serre. La bouteille de Chivas sera sa meilleure amie, ce soir. Je m'en veux, mais pour une fois dans ma vie depuis longtemps, je passe une agréable soirée avec un homme qui semble m'apprécier pour moi-même.

— Où m'emmènes-tu ?

— Dans un endroit à l'ambiance moins protocolaire, et bien plus chaleureuse. Nos tenues vont un peu dénoter, mais on nous acceptera tels que nous sommes. On y mange très bien, et j'ai faim. Je n'ai eu le temps de goûter à aucun de ces minuscules amuse-gueules qui semblaient succulents.

Chapitre 8
I'm in trouble[1]

Robert

Une demi-heure plus tard, nous pénétrons dans mon bistro préféré au cadre typiquement parisien. Tables décorées de nappes à carreaux, canapés en moleskine rouge, comptoir en zinc et bouteilles alignées en face se reflétant dans un miroir qui court de bout en bout. Un lieu cosy à l'ambiance festive. Les clients rient et échangent cordialement autour d'un verre de vin. Ici, rien de guindé, le patron me connaît, nous installe dans un box en retrait et nous tend le menu, une simple fiche cartonnée plastifiée, juste quelques lignes. Il nous suggère le menu du jour : hachis parmentier et tarte aux pommes. Ici, on peut manger jusqu'à une heure avancée de la nuit.

— Vas-y, laisse-toi tenter, c'est de la cuisine maison.

— Je connais ce genre d'endroits, tu sais, je n'ai pas fréquenté que les suites luxueuses. J'ai fugué pendant trois mois et nous avons vécu à Montmartre avec Nicolas. Nous avons arpenté toutes les ruelles du quartier et je pourrais te citer les troquets les plus typiques de la capitale. J'ai bien failli mettre en danger l'avenir de Nico à l'époque.

Eh bien, c'est étonnant de voir comme elle et Nicolas s'ingénient à se protéger l'un l'autre en conservant ce qu'ils croient être un secret bien gardé. Je fais mine de tout ignorer et l'interroge pour découvrir sa version :

— Qu'est-ce que tu veux dire ?

---

1. Titre de l'une des chansons de l'album de Griffin Peterson, *Maybe Someday*.

— Tout le monde pense que mon père s'est attaché à cet orphelin malmené par la vie et que sa conduite a été très honorable. En réalité, il s'en fiche comme d'une guigne. C'est Georges, notre chauffeur, qui le lui a en quelque sorte imposé. Mon père porte à cet homme beaucoup d'affection. Quoique affection ne soit pas vraiment non plus le terme adapté, amour plutôt.

Elle hoche la tête, puis reprend :

— Non, mon père n'aime personne, mais je dois le reconnaître, Georges c'est... différent.

Rivés sur moi, ses yeux bleus prennent une teinte marine, couleur océan tourmenté. Je ne saurais dire ce que j'y lis, douleur ou tristesse. Un mélange des deux ? Je ne l'interromps pas. Georges est donc bien l'amant d'Arthur, Nico ne se trompait pas. Son regard se perd dans le vague, ses épaules s'affaissent, son port altier en souffre un peu. Elle m'émeut, je sens un pincement dans ma poitrine que je ne saurais expliquer. Son attention revient sur moi, elle me sourit et reprend :

— Ma mère a joué, sans grand succès, le rôle de mère pour Nicolas. Au regard de mon père, ses choix et décisions ne comptent pas. Elle est juste là pour servir de faire-valoir et autre chose, tu le devines. Mais, manque de chance ! Le mâle qui aurait dû assurer sa descendance, mon jumeau, n'a pas survécu. Il s'est noyé à l'âge de deux ans lors d'un moment d'inattention de notre nounou. Je...

Elle s'interrompt pour essuyer une larme qui coule le long de sa joue.

J'ai une folle envie de la prendre dans mes bras, mon cœur se serre en songeant à ce qu'elle a dû vivre à la suite de ce drame. Nico connaît-il cette histoire ? Il ne l'a jamais évoquée et je découvre depuis quelques jours que mon meilleur ami est resté secret sur cette partie de sa vie. Je devine des blessures cachées et comprends le lien puissant qui unit ces deux-là.

J'en conclus que Nico a rejoint la famille de Suzie peu après la mort du jumeau de cette dernière.

— C'est difficile et douloureux de perdre son double, j'ai toujours l'impression d'être amputée d'une part de moi-même. Julian me manque, mais... parfois, je l'envie de ne plus être là et à d'autres moments, je me demande ce que mon père aurait fait de lui. Un clone ou un rebelle comme moi ? Après son décès, mon père l'a effacé de notre vie. Plus de photos, interdiction de l'évoquer. C'est terriblement destructeur pour ma mère, d'autant qu'après nous avoir mis au monde et les complications qui s'en sont suivies, elle n'a plus pu avoir d'enfants. Bien évidemment, sa vie n'a plus été la même. Toutes ses illusions, ses espoirs ? Envolés. Mais dans notre milieu, on n'affiche pas nos perversions et encore moins nos failles ! Alors on ne divorce pas, on ne fait pas de *coming out*. Non, on continue à mentir, à *se* mentir, effrontément ! Nico n'a pas remplacé Julian. Je me demande parfois si Georges ne l'a pas espéré, un jour, en l'offrant en « cadeau », en quelque sorte, à mon père.

Dans nos assiettes, nos plats refroidissent ; ces confidences me font perdre l'appétit. Ma vie est si différente de la sienne, simple, avec une famille aimante et chaleureuse. Un tout autre univers ! Elle reprend après avoir bu un grand verre d'eau :

— Je ne sais pas pourquoi, pendant de nombreuses années, mon père s'est imposé cette corvée.

— Peut-être un deal entre lui et Georges ? suggéré-je.

— Je n'y avais pas pensé. Une sorte de chantage affectif ? Toujours est-il que dès qu'il l'a pu, mon père y a mis un terme, soulagé dès que Nicolas a été autonome. Par la suite, comme tu le sais, il n'a rien fait pour l'aider, alors qu'Eve et lui tiraient le diable par la queue, au début de leur mariage. Mais pour le grand public, Arthur se comporte comme le *père* très généreux du petit Nicolas. Que du vent ! Il ne l'a jamais adopté et a même failli mettre un terme à l'aide pécuniaire substantielle qui permettait à Nico de suivre ses études sans travailler, me contraignant en échange à me plier à quelques règles. C'est comme ça que Nicolas a pu terminer son droit sans soucis financiers, mais il l'ignore. Je sais que mon père aurait mis ses menaces à exécution. En fait, il m'a manipulée, il craignait, vu notre attachement, que je tombe amoureuse de lui. Imagine, une fille d'ambassadeur avec le fils d'une cuisinière !

Elle soupire, picore dans son assiette sans rien porter à sa bouche. Ce retour dans le passé et dans des souvenirs éprouvants l'affecte, c'est évident.

— Après la mort de Julian, je menais mon père par le bout du nez. J'étais sa petite princesse. Puis son caractère s'est durci et notre lien s'est rompu. Aujourd'hui, il me déteste et j'ai même le sentiment qu'il préférerait que ce soit moi qui sois morte. L'entrée en scène de Nicolas dans ma vie est la plus belle chose qui me soit arrivée. Tous mes moments de bonheur sont ceux partagés avec lui, mon ami, mon frère. Je ne risquais pas de me lier avec qui que ce soit. Toutes mes fréquentations étaient triées sur le volet. Comme tu as pu le constater, mon père est assez déstabilisant, alors les filles et les garçons prenaient la tangente dès qu'ils le rencontraient. Dans le cas contraire, il finissait, immanquablement, par les éloigner par des moyens pas toujours très avouables.

— Je comprends mieux l'amitié indéfectible qui vous lie, Nicolas et toi depuis toujours.

— Je ne sais pas comment je m'en serais sortie sans lui. D'ailleurs, il me manquait terriblement quand j'étais à des milliers de kilomètres. Je suis contente d'être rentrée.

— Tu as vingt-six ans, Suzie, et tu es indépendante depuis longtemps. Qu'est-ce qui t'a empêchée de partir, de trouver un boulot, de vivre ta vie en dehors de ton père ?

Elle hausse les épaules et j'ai l'impression de voir une ombre dans ses beaux yeux bleus.

— Je l'ignore. C'est comme si je ne parvenais pas à sortir de son emprise néfaste, comme si j'étais pieds et poings liés à lui. Et j'aime contrarier ses plans, le provoquer, c'est très jubilatoire.

— En dehors de ça, es-tu heureuse de la vie que tu mènes, aujourd'hui ?

— Je crois. J'ai rencontré de nombreuses personnalités publiques, été invitée chez les plus célèbres stars du show-biz. J'ai passé des vacances dans des lieux de rêve comme les Bahamas, l'Australie…

— Mais tu as très peu d'amis.

— Ne dit-on pas que les vrais amis se comptent sur les doigts d'une main ?

— Certes ! Mais penses-tu que la vie se résume à un tourbillon de fêtes qui ne t'apportent rien, outre un plaisir immédiat ?

— C'est déjà bien, non ?

— C'est à ça que tu occupes toutes tes journées ? Shopping, soirées, spectacles ? Tu n'as pas envie de t'investir dans quelque chose de plus…

— Comme quoi, l'humanitaire ? Je fais déjà pas mal de figuration dans les associations caritatives.

— Oui, mais crois-tu en ce que tu fais ?

Suzie fait la moue.

— Tu sais, Robert, dans ce milieu-là, pour certains, tout n'est que sinistre comédie pour se mettre en avant. C'est très facile de défendre une cause, surtout quand on n'a que quelques mains à serrer et signer quelques gros chèques de temps en temps.

— Comme tu es cynique ! C'est donc ce que tu fais aussi ?

— Je suis attachée à une cause, mais personne ne le sait. Je participe activement, mais je refuse que mon nom y soit associé publiquement.

Je me recule sur ma chaise et la regarde à nouveau, interloqué, attendant qu'elle en dévoile davantage. Vraiment, cette fille est très différente de ce qu'elle paraît. Mais à un point !

— Je suis la marraine d'une petite fille handicapée, Soledad. Elle a six ans. Elle vit dans une institution d'un petit village au Pérou. Avec les religieuses, nous tentons de permettre à ces enfants de mener une vie à peu près normale. Les conditions de vie sont difficiles dans l'Altiplano péruvien. Nous cherchons des sponsors afin de financer l'amélioration des locaux, mais ce n'est pas évident. Une association parmi tant d'autres qui cherche de l'argent ! Je dois m'y rendre prochainement. Parlant plusieurs langues, j'aide également aux cours d'alphabétisation dans le village.

Je la regarde sans rien dire, particulièrement surpris par son engagement. Elle me semble si superficielle, que je peine à la voir s'intéresser à quelqu'un d'autre qu'elle. Nos amis sont-ils au courant ? Elle répond à mon interrogation muette :

— Tout le monde l'ignore, c'est mon jardin secret, le seul endroit sur terre où je me sens vraiment moi-même. Je m'y rends plusieurs fois par an, mais je laisse croire que je fais la fête à Lima. Personne ne s'en étonne, bien évidemment. La soirée se termine agréablement malgré les vibrations incessantes de son téléphone. Elle ignore tous les appels insistants, SMS ou messages sur le répondeur.

— Mon père, précise-t-elle tout en éteignant son téléphone.

Je la dépose à son hôtel et nous prenons un dernier verre au bar, une petite compensation pour mon refus de monter dans sa suite. Personnellement, je ne veux pas tenter le diable. Sa promiscuité et la vulnérabilité que j'ai perçues durant la soirée me perturbent. J'ai apprécié chaque minute passée en sa compagnie. La porte qu'elle a ouverte très grand sur elle, la part d'elle-même dévoilée, toutes ces confidences inattendues me troublent. Je suis complètement déboussolé par ce qui a bien pu l'inciter à se raconter. Je découvre un aspect de sa personnalité que seul Nicolas connaît, avec Eve peut-être.

Elle me narre les frasques de Nicolas dont elle était, reconnaît-elle, bien souvent l'instigatrice. Je lui raconte Soulac, Meg, Ludo, Eli, mes parents… et les petits moments de joie, ces instants anodins, ces petits bouts de rien, qui tous ensemble, emplissent une vie. Elle boit mes paroles et je me perds dans le bleu de ses yeux, me retenant de dériver sur sa bouche qu'elle humecte souvent, une vraie tentation ! Puis, surpris par l'heure avancée, je me décide à partir. Au moment de franchir les portes que tient ouvertes pour moi le groom, je me retourne et lui propose un week-end à Bordeaux. Je dois m'y rendre le samedi suivant.

— Si tu n'as rien de mieux à faire, pas de gala à honorer ou autre, tu seras la bienvenue chez mon frère et ma belle-sœur.

Elle n'hésite pas une seconde. Je suis autant surpris par sa réponse que par ma proposition tout aussi spontanée.

— Je t'appelle dans la semaine, je m'occupe de nos billets.

Chapitre 9
Week-end à Bordeaux

Suzie

J'attends patiemment l'arrivée de Robert à la porte d'embarquement numéro sept. Le départ du vol de Bordeaux est déjà annoncé, mais je ne suis pas inquiète, il sera là à temps, j'en suis persuadée. Il est juste en retard, son plus gros défaut.

Pour échapper à la vacuité d'une semaine qui s'annonçait ennuyeuse, j'avais décidé de me réapproprier la ville et troqué mes tenues sophistiquées contre des vêtements plus basiques afin d'arpenter les pavés de la capitale. Quel plaisir de revisiter mes musées préférés seule, mais sans pour autant me laisser submerger par ce sentiment de solitude qui m'accompagne le plus souvent ! Flâner dans certains quartiers avait fait remonter en moi des souvenirs de nos escapades avec Nicolas, me rendant joyeuse et un peu nostalgique aussi. Tant et si bien que, le soir venu, j'avais manqué de m'inviter dans le petit nid douillet de mon couple d'amis pour échapper aux pensées qui me ramenaient sans cesse à Robert.

Robert, avec qui j'ai partagé une plaisante journée pas plus tard qu'hier à traînasser dans les Jardins du Luxembourg, à manger des sandwichs et écouter de la musique assis sur un banc. Robert, auquel je pense tous les soirs, allongée dans le noir de ma chambre pompeuse, alors que je tente de m'endormir. Quand le sommeil me fuit, je m'assieds sur la méridienne disposée face à la fenêtre et je scrute les ombres de la nuit en contemplant la Dame de Fer dans son habit de lumière. Mais la féerie n'apaise pas mon envie pour cet homme qui n'est pas seulement sexuelle, contrairement à mon habitude. Vraiment troublant. Je ressens le besoin physique de sa présence apaisante, chaude et rassurante, dans chaque cellule de mon corps, intensément. Presque les mêmes sensations que j'avais connues autrefois avec Andrew, à une petite différence près : celles-ci sont plus fiévreuses. De plus, je n'imaginais pas un jour cela possible. C'est inexplicable.

Je n'ai pas reparlé à mes parents depuis la dernière soirée à l'ambassade. J'ai soigneusement évité certains lieux publics où je risquais de rencontrer d'anciennes connaissances et d'anciens amants qui, me sachant de retour, me proposeraient d'assister à divers spectacles, à des soirées alcoolisées et médiatisées qui habituellement me réjouissent, me mettant sur le devant de la scène pour la plus grande irritation de mon père.

J'aspire à autre chose, mais quoi ? Et pourquoi maintenant ? Est-ce dû à l'envie de connaître un bonheur similaire à celui affiché sur les visages de mon couple d'amis ? J'ai beau ne pas croire, ne plus croire au grand amour, au coup de foudre, je réalise soudain que, jusqu'à ces derniers jours, ma vie est vide de sens. Les seuls instants qui m'apportent de vrais moments de plaisir sont ceux passés avec la petite Soledad. Le regard que porte cette enfant sur moi exprime la sincérité de ses sentiments. Pas de sourire de façade, pas de faux semblants, juste une relation basée sur l'attachement entre cette gamine et moi. Mon cœur se serre à l'évocation d'une pensée maternelle envers une gosse de l'âge qu'aurait la mienne. Une envie irrésistible de prendre de ses nouvelles m'envahit. J'éprouve le besoin irrépressible que la petite se jette dans mes bras, s'accroche à mon cou, pour m'aimer simplement, moi, Suzie, celle que je suis réellement et non pas la glaciale et hautaine jeune femme que je m'efforce d'afficher au quotidien. Plus précisément, celle que mon père m'oblige à être depuis Andrew. Mon Andrew, brisé et détruit par ce monstre de père. Je soupire. J'aurais dû croire davantage en lui, me ranger à l'avis de Nicolas. Non, il n'était pas comme les autres. J'aurais peut-être pu le sauver.

J'ai conscience de m'être égarée, au fil des ans, entre provocations et actes de rébellion. Dans ce jeu pervers, l'ultime but était de déplaire à mon géniteur et de me venger. Il m'avait pris l'être que j'aimais plus que tout et m'avait tenue éloignée de Nicolas, le seul qui pouvait m'aider à affronter ce nouveau drame de ma vie. Je me suis perdue.

Qui suis-je vraiment ? La femme froide et superficielle toujours en tenue d'apparat ou l'adolescente aux jeans déchirés et baskets qui arpentait les trottoirs et passait les soirées dans les petits troquets de la capitale ? Celle qui était follement éprise d'un jeune et célèbre cuisinier de cinq ans son aîné ? La petite moqueuse cachée derrière les tentures qui épiait les femmes maniérées et snobes qui se pavanaient dans leurs tenues chic et choc ?

Robert me surprend en pleine introspection, assise sur ma valise cabine. Il me regarde, amusé. Je suis certaine que je viens de le surprendre par la simplicité de ma tenue. Il doit penser que j'ai fait un effort considérable pour abandonner mes escarpins aux talons vertigineux et mes robes courtes pour un corsaire noir avec des ballerines en toile et un top qui épouse ma généreuse poitrine. Il ignore certainement que ces vêtements sont néanmoins hors de prix. J'ai opté pour une coiffure simple, attachant mes cheveux en queue de cheval, posé une légère touche de maquillage sur mes paupières, abandonné mon rouge flamboyant pour une nuance nacrée. Il semble apprécier, ses yeux me déshabillent de haut en bas et l'image que je lui renvoie correspond davantage à l'aspect de moi-même que je lui ai dévoilé lors de mes confidences. Enfin, presque, si on ne tient pas compte du prix exorbitant de mes fringues ! Robert, je l'ai compris, aime la simplicité et la spontanéité. Si je veux le séduire, je dois redevenir moi-même, ou plutôt devenir celle que j'aurais dû être.

Il s'approche de moi et me tend mon billet.

— Je crois qu'il faut qu'on se dépêche, c'est le dernier appel, il me semble.

Nous courrons en nous tenant par la main. Ce contact m'électrise, mais je tiens bon, et nous arrivons essoufflés à la porte juste avant que l'hôtesse ne referme le sas. Enfin, nous gagnons nos places sous les regards mécontents des passagers déjà installés.

Une heure plus tard, Ludovic nous accueille à l'aéroport de Mérignac. Les deux frères s'étreignent chaleureusement.

— Bon sang, ça fait des siècles qu'on ne t'a pas vu à Bordeaux ! Les parents sont impatients de te voir. Meg est furieuse après toi d'avoir choisi un week-end où elle n'est pas là. À une heure près, vous auriez pu vous croiser. Leur avion vient juste de décoller ; elle et les filles viennent de partir pour une semaine à l'Île Maurice.

— En effet, c'est bien dommage. Mais ce n'est que partie remise. Si tout se passe bien, je pense venir à bout de ce procès rapidement et vous rejoindre au mois de juin à Soulac-sur-Mer.

Robert se tourne vers moi et me présente à son frère. Je tends la main à Ludovic, mais celui-ci m'attire vers lui et m'embrasse familièrement sur les joues.

Je m'excuse et m'éloigne rapidement, troublée par cet accueil chaleureux, prétextant le besoin de me rendre aux toilettes. À mon retour, j'ai l'impression de mettre un terme à une conversation qui semblait porter sur moi. Je le devine au regard gêné de Robert et au sourire béat de Ludovic qui doit supposer que nous sommes ensemble.

Éléonore m'accueille très cordialement, mais je remarque une lueur de surprise ou de méfiance dans son regard tandis qu'elle interroge Robert sur Élise qu'elle semble bien connaître et apprécier. Je me demande à quoi ressemble ma concurrente.

Durant le séjour, je fais également la connaissance des parents de Robert, lors d'un repas festif et bon enfant bien loin des repas de famille protocolaires imposés par mon père — même en petit comité, l'ambiance y est tristement compassée. Je m'efforce de me détendre. Je suis encore figée dans des postures dont je ne parviens pas à me départir. Je sens sur moi le regard désolé d'Éléonore et toute cette famille doit se demander quel lien peut bien unir Robert, si simple, à cette fille maniérée venue partager un week-end avec eux. À vrai dire, je me le demande aussi !

Personnellement, je rêve bien sûr de mettre Robert dans mon lit. Son contact physique m'exalte au point de me laisser pantelante et vibrante de désir comme jamais. Mais ce n'est pas tout. Il émane autre chose de lui qui m'a poussé à lui ouvrir mon cœur et mon âme. À ce jour, une seule personne me connaît intimement, c'est Nicolas.

— Alors Suzie, êtes-vous tombée sous le charme de notre ville ? Évidemment, elle ne peut pas concurrencer Paris. Mais elle possède une beauté qui lui est propre et en règle générale tous ceux qui y viennent en tombent amoureux. Est-ce votre cas ? me demande Claire, la mère de Robert, lors du repas dominical.

— J'avoue que c'est un endroit où on dirait qu'il fait bon vivre. Je comprends que Robert y soit attaché, l'ambiance y est festive et reposante à la fois. Le cadre est magnifique. Je me suis laissée dire que la municipalité doit ses réaménagements urbains à Alain Juppé et que le résultat satisfait les administrés. Eh oui, j'ai eu droit à un cours sur l'histoire de la cité, conclus-je avec un sourire à l'intention de Robert.

— Ah oui, mon fils est très éloquent quand un sujet lui tient à cœur. Il a toujours su défendre ses points de vue avec passion. Il n'avait pas sept ans que…

— Maman ! coupe ce dernier.

— Je comprends mieux son choix pour la magistrature.

— Oui, le bougre est doué depuis son plus jeune âge pour te rallier à son point de vue. Il t'entortille tellement que tu en oublies ton idée de départ. Il m'a embrouillé plus d'une fois. De plus, il a le chic pour désamorcer un conflit. Quand j'utilisais mes poings, il se servait de sa virtuosité d'orateur pour éviter les bagarres. C'était très frustrant, précise Ludovic.

— Évidemment, vu que toi, mon chéri, tu adorais les échauffourées, tu passais ton temps à les provoquer, explique Éléonore.

— N'importe quoi ! renchérit son mari.

— C'est vrai, mon grand. Toi, ton talent c'était de mettre la pagaille partout où tu passais. Tu étais très colérique, enfant. Ta mère et moi passions notre temps à te punir. Mais rien n'y faisait. Au contraire. Tu t'es assagi quand tu as commencé à fréquenter Éléonore.

— Mouais ! marmonne Ludovic, contrarié d'être dans la ligne de mire.

Éléonore éclate de rire devant sa mine boudeuse et lui caresse la main.

Je les regarde, le sourire aux lèvres, ils me font penser à Eve et Nicolas. J'envie ce bonheur affiché sur tous les visages de la tablée. Comme j'aurais aimé être née dans une famille semblable !

Le week-end prend fin rapidement. Trop rapidement à mon sens. Je découvre les goûts, les lieux préférés de Robert ainsi que ses projets, ce qui provoque de nombreuses discussions animées, tellement sa vie est organisée et aux antipodes de la mienne. Robert se dévoile, et malgré peu de points communs, certaines de ses facettes me plaisent beaucoup. Il y a chez lui un peu d'Andrew, ce qui expliquerait peut-être cette attirance inattendue, abstraction faite du physique, évidemment, tant les deux hommes ne se ressemblent pas : Robert, sportif accompli, tout en muscles, et Andrew à la beauté épurée, blond, mince et plutôt dégingandé.

Après avoir flâné le long de la promenade qui borde la Garonne, nous nous installons en terrasse, dans l'un des nombreux bars des quais. Nous contemplons le fleuve et profitons de la vue imprenable sur le pont Chaban-Delmas. Un vieux gréement, toutes voiles dehors, s'y glisse, un spectacle époustouflant. Je me surprends à apprécier la beauté de cette ville comme je l'ai admis lors du repas de la veille. Cependant, Paris restera malgré tout ma ville préférée.

— Merci pour ce merveilleux week-end.

— Je t'en prie, je suis content de constater que tu as un peu lâché prise.

— Vraiment, c'est l'impression que je donne ?

— Parfaitement, ce qui me fait dire que tu devrais penser à te faire plaisir de temps en temps, et laisser tomber ton masque. Tu apprécierais ainsi les petites choses simples de la vie quotidienne.

— Mais je les apprécie !

— Quoi ? Le shopping ? Les soirées à faire des ronds de jambe à un auditoire qui n'est là que pour parader ? Tu vaux mieux que ça !

— Tu ne me connais pas, Robert !

— Probablement. Mais tu sais ce que je vois quand je regarde derrière le masque que tu portes la plupart du temps ?

Je m'agite sur ma chaise, gênée par sa perspicacité.

— Je ne porte pas de masque.

Robert sourit et soupire.

— Oh oui, tu en portes un, et en permanence ! Mais il est en train de se fissurer et ce que j'entrevois derrière me plaît bien.

— Et ?

— J'aimerais bien qu'il disparaisse. Que tu me montres la Suzie dont parle toujours Nicolas !

— Pourquoi ?

— Parce que j'aime le vrai chez les gens.

— Au fil du temps, à force de se cacher, on perd une part de soi-même et puis en vieillissant on change. Je ne suis peut-être plus la Suzie de Nico.

— Oh, je suis persuadé qu'il reste en toi une grande part de cette adolescente délurée, généreuse et aimante, dont il brosse le portrait avec tendresse.

— J'ai perdu la capacité d'aimer et je ne m'aime pas moi-même.

— Eh bien, il ne reste plus qu'à changer tout ça !

Chapitre 10
Interrogations

Nicolas

Depuis un mois, notre couple d'amis joue à cache-cache, chacun sur la réserve. Un mystérieux magnétisme les attire l'un vers l'autre et les repousse en même temps, c'en est désespérant ! Leurs yeux, leurs gestes expriment l'ardent désir qu'ils éprouvent l'un pour l'autre ; je ne sais pas si je dois m'en inquiéter ou m'en réjouir. Je les connais bien tous les deux, mais je ne saurais dire si une relation entre eux serait viable à long terme. Robert ne se contentera certainement pas d'une aventure basée uniquement sur du sexe. Quant à Suzie… Mon meilleur ami est si différent de ses fréquentations habituelles que j'ignore ce qu'elle en attend. Puis-je espérer que mon pote la guérisse de son histoire avec Andrew ? Suzie risque-t-elle de blesser Robert ?

Je ne comprends pas non plus ce qui retient Suzie. Je ne la reconnais pas. C'est comme si elle était redevenue la jeune fille de dix-sept ans, celle qui tomba folle amoureuse d'Andrew. Eve ne sait rien de lui, je ne peux donc pas lui faire part de mes questionnements à ce propos. Elle ignore cette partie dramatique du passé de ma meilleure amie, une tranche de vie que je garde pour moi, ainsi que d'autres secrets. Certaines promesses sont faites pour être tenues quoi qu'il arrive. Et je tiendrai celle-ci jusqu'au jour où Suzie m'en relèvera, ce qui n'arrivera pas.

— Tu crois qu'ils couchent ensemble en cachette ? s'interroge Eve à voix haute, sa tête sur mes cuisses après une séance de sexe intense.

— Non, je ne pense pas, et d'ailleurs, pourquoi se cacheraient-ils ? On dirait plutôt deux aimants qui s'attirent et se repoussent. Je n'y comprends rien. Robert est une tombe et j'avoue que je ne sais pas comment aborder le sujet.

Eve soupire.

— Élise et lui sont séparés maintenant et Suzie est libre. Qu'est-ce qui les empêche de sortir ensemble ?

— D'une certaine manière, je crois qu'on peut considérer qu'ils sortent ensemble. Je ne les ai pas vus l'un sans l'autre depuis que je les ai présentés. Resto, ciné, soirées, cocktails, pique-nique... Il l'a même aidée à emménager dans son nouvel appart !

— Et qu'est-ce qui cloche, alors ?

Je hausse les épaules. J'aimerais bien le savoir.

— Peut-être que tout va se jouer pendant les vacances à Soulac, la semaine prochaine ?

— Suzie ne va pas à Soulac, elle part au Pérou pour un mois, m'informe ma femme.

— Qu'est-ce qu'elle va foutre au Pérou ? J'espère qu'elle ne va pas rejoindre ce tordu de Ramirez.

— Qui est-ce ?

— Un de ses anciens amants, un artiste peintre de pacotille, un drogué qui plus est, pour lequel elle a financé une campagne publicitaire afin de promouvoir et faire connaître ses œuvres. Pfff ! Comme si on pouvait appeler ça de l'art ! Et je ne parle même pas du fric qu'elle a dû lui refiler.

— Ah, un de ces énergumènes que déteste son père ! Robert devrait plaire à papa Jasmain alors. De plus, ils forment un très beau couple. Mais elle en a peut-être assez d'attendre qu'il se décide. Elle n'est pas du genre à entretenir de chastes relations.

— La Suzie que je connais n'attend pas, elle prend ! Aussi, son comportement est assez inattendu. Elle possède tous les atouts pour mettre un mec dans son lit, même Robert, et pourtant leur relation reste platonique. C'est à n'y rien comprendre.

— Peut-être ne cherche-t-elle qu'une relation amicale ?

— Oh non ! Je la connais, elle le regarde comme un mec qu'elle voudrait bien croquer, et pourtant...

— Elle semble avoir changé depuis son retour, tu ne trouves pas ?

— C'est vrai, elle me fait même un peu flipper !

Eve éclate de rire et vient se mettre à califourchon sur moi. La vue de mon épouse magnifique dans son plus simple appareil me rend dingue et me fait tout oublier. J'occulte Suzie et Robert de mes pensées pour me concentrer sur ce que je sais faire de mieux, aimer la femme de ma vie de toutes les manières possibles.

Chapitre 11
Une retraite nécessaire

Suzie

Je suis sur le départ, dans les *starting-blocks*, impatiente de rejoindre Soledad et mon amie, Sœur Claire, qui n'est que de cinq ans mon aînée. La dispute avec mon père, quelques jours plus tôt, reste très présente dans mon esprit. Son chantage ne m'atteint pas. Il vient une fois de plus de tenter de m'effrayer, me menaçant de cesser de payer ma pension mensuelle. Mais il ignore, pour l'instant, que j'ai couvert mes arrières depuis longtemps. Depuis Andrew.

Malgré mon jeune âge à l'époque, j'ai pu m'entourer des bonnes personnes. Il se dit que je suis une fille brillante, mais c'est plutôt que j'ai été à bonne école. Celle d'Arthur. Aussi, il serait le grand perdant dans cette histoire, car le scandale qui s'ensuivrait détruirait sa carrière. Un impair de sa part et l'on découvrirait un dossier bien ficelé qui attend bien au chaud. À vrai dire, j'en rêve ! Pour ce qui est de mes revenus, là encore, je ne crains rien. Mes investissements, au fil des ans, me mettent à l'abri de tracasseries financières. Je n'oublie pas que je le dois à Lord Grantham. J'aurais pu aider Nicolas et Eve sans que cela ne m'affecte. Quant à la rente qu'il me verse tous les mois, je préfère en rire. S'il savait ce que j'en fais !

Donc, malgré ses tentatives pour m'imposer ce poste d'assistante auprès d'un de ses amis, très intéressant de surcroît, je dois l'avouer, je suis restée inflexible, mimant une indifférence que je ne ressentais pourtant pas. Dommage que je doive laisser passer cette opportunité uniquement pour le mettre hors de lui. C'est aussi ce que pense Robert. Mais ma soif de vengeance n'est toujours pas assouvie et je ne peux en expliquer, pour l'instant, les raisons à ce jeune homme à qui j'ai déjà bien trop ouvert mon âme. Je me demande comment il s'y prend pour m'inciter à me dévoiler autant ! Deux mois que nous dansons un ballet étrange. Étonnamment, je ne cherche pas, enfin plus, à le séduire physiquement, parce qu'aujourd'hui, je sais que je le veux lui tout entier et je crois que je suis amoureuse ! Peut-on tomber amoureuse aussi rapidement à n'importe quel âge ? Quand on a dix-sept ans, soit, je le conçois, mais à presque trente ans ?

Donc, ma petite escapade s'avère nécessaire, indispensable même. Loin de la civilisation, je serai en mesure d'apprécier intensément chaque minute de cette retraite qui me permettra de me retrouver.

Nicolas m'accompagne à l'aéroport, je sens qu'il s'interroge et s'inquiète pour moi.

— Suzie, ma belle, est-ce que tout va bien ?

— Parfaitement bien, qu'est-ce qui t'inquiète, mon cœur ?

— J'aimerais le savoir ! Qu'est-ce que tu vas foutre au Pérou ? Retrouver ce tordu de Ramirez ?

Je ris. Je suis surprise qu'il s'en souvienne encore. Parmi tous mes amants, plutôt ex-amants, Pedro est celui que Nico déteste le plus. Je me souviens de l'animosité palpable lors de leur première rencontre et que je ne m'explique toujours pas, d'ailleurs.

— Peut-être pourrais-tu m'expliquer pourquoi tu le détestes ?

— À condition que tu me promettes de ne plus le revoir.

— Tu me connais, Nicolas, je ne suis pas du genre à tenir mes promesses. Et non, je ne vais pas le retrouver, mais si nos routes se croisent…

Il me jette un regard noir. Son comportement protecteur m'amuse. Mais surtout, j'aime ça. Il prouve l'affection qu'il me porte. Eve et lui, avec Claire que je vais retrouver bientôt, sont les seules personnes en qui j'ai confiance, les seules dont les sentiments sont sincères, qui n'attendent pas de moi plus que je ne peux en donner.

— J'ai promis de rendre visite à Claire depuis plus de six mois et c'est ce que je vais faire, un break dans son petit village. Je ne t'ai jamais parlé de son implication dans un couvent au Pérou ?

Bien sûr que non ! Je ne lui dévoile pas tout. Un jour, bientôt, je le ferai. C'est étrange, Robert et lui connaissent différentes facettes de ma personnalité que je cache au monde. Je ne saurais dire pourquoi je dissimule l'une d'elle à mon meilleur ami, alors que je l'ai dévoilée à Robert que je connais à peine ?

Peut-être désirais-tu avoir un jardin secret dans lequel t'évader ?
Mais pourquoi l'avoir ouvert en grand à un inconnu ?

Je n'ai pas de réponses à mes questionnements intérieurs.

— Non. Tu ne m'as jamais dit être restée en contact avec elle depuis tout ce temps.

Nous sommes assis au bar en attendant que j'embarque. Alors que je porte mon verre de citronnade à mes lèvres, les souvenirs affluent. Nicolas me connaît bien, il me prend la main et la serre en signe de réconfort. Entre nous, les mots sont inutiles. Je lui souris en retour pour le rassurer.

— Je vais bien maintenant, et tu sais, elle y est pour beaucoup, tout comme toi. Sans elle, dans ce fichu couvent, je ne sais pas comment j'aurai pu survivre. Elle m'a accompagnée, soutenue, et cette relation a perduré. Nous nous appelons régulièrement. Tu en comprends les raisons, n'est-ce pas ?

Nico ne répond rien, je sais que faire allusion à cette période de ma vie le fait souffrir aussi. Mon vol est annoncé, nous nous quittons après une étreinte chaleureuse.

— Prends soin de toi, ma grande, et rappelle ma promesse à ce connard de Ramirez, si tu le rencontres. Il comprendra.

Je hausse les sourcils, mais n'insiste pas ; Nico n'en dira pas davantage.

Seize heures plus tard, me voilà enfin à destination. Claire est venue me chercher dans un 4x4 brinquebalant. Rien n'effraie la jeune nonne, ni les routes défoncées, ni les éventuelles mauvaises rencontres. « Dieu me protège. Dans le cas contraire, c'est le destin qu'Il m'a choisi », se plaît-elle à répéter.

— Je suis heureuse de te revoir parmi nous. Tu nous as manqué ! Ta petite protégée t'attend avec impatience.

— Vous aussi, vous m'avez manqué.

Claire me regarde, hoche la tête et me sourit.

— Je crois que tu as beaucoup de choses à me raconter. Et pour une fois, j'ai le sentiment que ce que je vais entendre va me plaire !

Claire est vraiment perspicace. Rien qu'à me regarder, elle devine que mes parts d'ombres tendent à disparaître.

— Mais la priorité, c'est Soledad. Tu vas voir comme elle a progressé grâce à Roberto, le jeune kiné qui vient de nous rejoindre. Ils travaillent dur tous les deux, surtout depuis qu'elle a appris que tu allais venir. Elle fait désormais quelques pas dans le jardin, mais chut, surtout fais celle qui ne sait rien. Elle veut t'en faire la surprise.

Ma filleule m'attend dans la cour, assise à côté de Roberto. Le sort s'acharne. Roberto, Robert, ce prénom me poursuit alors que je voudrais oublier un temps celui qui le porte, là-bas en France. Roberto donc, le kiné, est aussi courtaud et enrobé que Robert est svelte et athlétique. Derrière son sourire affable, on devine une personnalité agréable, généreuse et investie. Il me fait un petit topo en espagnol des progrès de Soledad, puis se reprend et poursuit en anglais, pensant probablement que je ne maîtrise pas sa langue.

— *Muchas gracias pero entiendo español.*

— Ah, *perdón*[2], s'excuse-t-il en reprenant les explications en péruvien, langue dans laquelle il est plus à l'aise.

Il m'explique qu'il s'efforce de réduire l'atrophie des muscles des jambes de la petite fille par des séances de kinésithérapie intensives et que grâce à un appareillage, elle peut se déplacer dans la cour quelques instants, ce que s'empresse de me montrer Soledad. J'en suis particulièrement émue. Mais je ne suis pas au bout de mes surprises, car l'enfant a commencé l'apprentissage de la lecture. Mère Andreas me raconte que Soledad souhaite apprendre ma langue maternelle et qu'elle est très douée malgré son jeune âge. Sur l'insistance de ma pupille, Claire lui a donc enseigné une comptine en français qu'elle me déclame sous le regard attendri des religieuses. La présence de Claire, d'origine française, facilite beaucoup l'enseignement. C'est d'ailleurs à elle que je dois mon investissement dans cette association.

Je suis épuisée lorsqu'enfin je gagne mon lit, mais je n'ai pas été aussi heureuse depuis longtemps. En fait, pas si longtemps que ça. Juste avant-hier. Une simple journée passée avec Robert avant que je ne le dépose à l'aéroport. De doux moments, agréables et frustrants, qui me font rêver d'une vie simple à l'image de celle de Nico et Eve, d'une maison pleine de rires d'enfants et d'un homme qui m'aimerait. Mais encore faut-il que je me laisse aimer.

---

2. Merci beaucoup, mais je comprends l'espagnol. / Ah, pardon.

Chapitre 12
Je ne pense qu'à elle

Robert

Une semaine que je tente de m'étourdir dans les activités sportives que j'affectionne : surf, planche à voile… Le temps est clément en ce mois de juin. J'ai besoin de décompresser après ce procès retentissant qui a fait la une des journaux, me propulsant sur le devant de la scène. Ma famille et mes amis sont fiers de moi. Personnellement, ce tapage médiatique autour de ma petite personne me dérange. Après tout, qu'ai-je fait d'extraordinaire, si ce n'est que justice soit rendue ? Une pauvre gamine est morte et rien ne la fera revenir. Ses parents, quant à eux, trouvent un peu de réconfort dans le verdict, le meurtrier ayant été reconnu coupable et condamné. Et après ? Un jour prochain, que j'espère le plus éloigné possible, il arpentera les rues à la recherche d'une nouvelle victime. Je ne crois pas que ces sociopathes s'adaptent un jour. Pédophile un jour, pédophile toujours ! Cynique et désabusé, diraient certains. Réaliste, je pense, et ce point de vue n'engage que moi. Cependant, les exemples ne manquent pas vu le nombre de récidivistes célèbres dont je préfère taire les noms.

Cependant, mes pensées ne tournent pas qu'autour de cet événement. Bien heureusement, d'ailleurs, tellement j'ai besoin de me déconnecter de cette sordide affaire. Suzie est mon rayon de soleil. C'est vers elle que mon esprit s'évade. Elle qui hante mes rêves.

Suzie, que j'ai tenté de joindre à plusieurs reprises sans succès ! J'en suis frustré. J'ai beau savoir que les communications dans ces contrées éloignées ne sont pas évidentes, ne pas pouvoir entendre sa voix pendant des jours est une torture. Le mot peut sembler fort, mais c'est ce que je ressens. Mon corps réclame sa présence à un point que je n'aurais jamais imaginé ! Je m'inquiète. M'éviterait-elle parce que j'ai refusé de me joindre à son expédition ? J'aurais pu l'accompagner, mais quelque chose au fond de moi me soufflait qu'un éloignement nous serait bénéfique afin que nous puissions comprendre ce qui nous arrive, mais surtout, qu'elle avait besoin de se retrouver.

J'espère qu'elle ne retombera pas dans ses travers, et ne sera pas tentée de se trouver un gigolo à la hauteur de ses attentes encore non comblées. Je veux être l'amant de cette fille perturbante autant par son physique que par la vulnérabilité qu'elle m'a laissée entrevoir. Je veux être celui qui fera fondre la carapace, dévoilera au monde sa belle âme, effacera les souffrances que je devine enfouies au plus profond d'elle et l'arrachera à l'emprise nocive de son père. Je veux l'aimer passionnément pour le temps qu'elle m'accordera.

Mon regard sur la ligne d'horizon, mes pensées sont interrompues par Éléonore qui se laisse choir près de moi. Nous sommes en vacances à Soulac-sur-Mer, chez Carmen. Meg doit nous rejoindre dans quelques jours.

— Un sou pour tes pensées !

Je me tourne vers elle et lui sourit.

— Est-ce que ça va, Robert ? Tu n'es pas vraiment toi-même ces derniers temps.

— Je vais bien, merci.

— Pourtant, tu sembles ailleurs. C'est à cause de cette fille, cette Suzie ?

Que lui répondre ? Je ne vais pas raconter à ma belle-sœur que je rêve d'elle toutes les nuits, fantasmant sur mille choses que j'aimerais lui faire. Je peine déjà à me confier à Ludo, alors à elle ? Je ne parviens pas à oublier ce baiser fugace que

Suzie m'a volé, le seul que nous ayons échangé. Je regrette de n'avoir pas saisi ma chance. J'aurais au moins gardé en mémoire, le temps de son retour, le goût de ses lèvres. Mais ce n'est pas tout. Avant que je ne puisse répliquer, Éléonore poursuit :

— Je me demande ce que tu lui trouves, en dehors de sa plastique à faire damner un saint, même Ludo n'a pu s'empêcher de la reluquer. Mais ce n'est pas ce qui t'intéresse chez les femmes. Alors comment est-elle parvenue à te prendre dans ses filets ?

Je soupire et me surprends par ma réponse.

— Elle m'a touché en plein cœur !

Éléonore me regarde, interloquée.

— Un coup de foudre ?

Je hausse les épaules. J'ignore si c'est l'explication, toujours est-il que je ne comprends pas ce qui m'arrive. Je sais juste que cette fille me touche au plus profond de mon âme alors que sa personnalité est plutôt éloignée de mes canons habituels, comme le souligne très justement ma belle-sœur qui ne tient compte que de ce que Suzie laisse voir, de cette apparence que je sais factice.

— Peut-être !

— Fais attention à toi, Robert, j'ai une drôle d'impression. Tu n'es pas un noceur, tu es un romantique qui rêve du grand amour.

— Et tu n'imagines pas que cette fille ne puisse être celle qui m'est destinée ?

Éléonore soupire.

— J'ai l'impression qu'elle pourrait te faire du mal.

— Ou le plus grand bien, au contraire, avec son corps de rêve à damner tous les saints de la terre ! ajouté-je pour détendre l'atmosphère.

— Robert !

— À vrai dire, Suzie n'est pas ce qu'elle paraît. Il faut que tu saches qu'elle m'a montré une part d'elle que peu de gens connaissent. Je ne sais pas comment ni pourquoi elle l'a fait. Je ne peux non plus t'en dire davantage sans trahir sa confiance, mais crois-moi, cette fille me correspond. Il faut juste qu'elle me laisse l'aimer.

— Je pensais qu'Élise et toi…

— Une belle aventure de quelques mois.

— Un an et demi ! Je t'en croyais amoureux !

— Enfin, un an et demi, il faut le dire vite ! Combien de temps avons-nous vraiment passés ensemble ? Elle, toujours à l'autre bout de la planète et ne souhaitant pas se poser pour l'instant, et moi, pris dans mes obligations professionnelles ! Amoureux, je l'ai été un temps, du moins je crois, jusqu'à ce que l'arrivée de Suzie dans ma vie me fasse réaliser que notre aventure arrivait à son terme.

— Si ce choix te convient, si tu es certain que Suzie est celle qui t'es destinée…

Elle s'interrompt pour me regarder bien en face puis reprend :

— J'espère juste que tu ne te trompes pas.

Elle me quitte pour rejoindre Ludo qui l'appelle, et je reste encore là, ruminant ses dernières paroles, car à vrai dire, je ne suis sûr de rien, n'étant même pas certain que Suzie veuille de moi.

Carmen vient prendre sa place.

— *¿ Cómo se llama ?*

— *¿ Quién ?*

— *La chica que quieres.*

— *Suzie ¡ se llama Suzie ¡*[3]

Je lui montre un selfie de nous deux faisant les pitres devant la tour Eiffel, le dernier jour avant mon départ.

---

3. Comment elle s'appelle ? / Qui ? / La fille que tu aimes. / Suzie, elle s'appelle Suzie.

Suzie y rit aux éclats, accrochée à mon cou après avoir grimpé sur mon dos pour échapper à un petit yorkshire qui sautillait autour d'elle. J'ai appris ce jour-là que les chiens la terrorisaient, elle qui semble n'avoir peur de rien ni de personne. Cette photo immortalise une nouvelle magnifique journée que j'ai passée en sa compagnie.

— *Muy guapa. ¿ Estás enamorado¿*

— *No sé.*

Elle s'approche de moi et pose sa main sur ma poitrine.

— *Sí, se sabe, ¡ aquí!*[4]

Sur ce, elle m'embrasse sur la joue et m'abandonne à son tour.

---

4. Très belle. Tu en es amoureux ? / Je ne sais pas. / Oui, tu le sais, ici.

Chapitre 13
Révélations

Suzie

Juin touche à sa fin. Il est temps pour moi de rentrer. Mais je pourrais rester encore autant de jours que je voudrais et je dois reconnaître que ce séjour m'a été très bénéfique. Malgré la présence apaisante de Soledad, mes journées bien remplies auprès d'enfants particulièrement attachants, mes pensées reviennent nuit après nuit immanquablement vers Robert.

— Tu penses encore à lui ? m'interroge Claire alors que nous sommes assises dans la cour à la nuit tombée et que nous contemplons le ciel étoilé.

Je me tourne vers elle, cette drôlesse lit en moi comme dans un livre ouvert.

— De moins en moins ces derniers temps.

Elle hoche la tête et me dévisage de ces yeux couleur noisette.

— Bien ! Il est temps que tu passes à autre chose. Ce Robert dont tu me rebats les oreilles depuis ton arrivée, j'aimerais bien le rencontrer. Voir par moi-même s'il est aussi sexy que sa photo le laisse supposer.

— Claire !

— Quoi ? Je suis libre aujourd'hui de toutes ces contraintes que m'imposaient mes vœux, je peux regarder les hommes et même coucher avec eux si l'envie me prend, ça ne change rien à ma foi.

Jusqu'à mon arrivée, j'ignorais que Claire avait rendu son tablier de nonne, ce qui ne changeait en rien à son implication dans la communauté et Mère Andreas lui avait pardonné sa défection. Mon amie rebelle et fantasque conservait une foi intacte, mais, m'avait-elle avoué, supportait mal les règles de sa congrégation, depuis qu'elle partageait son amour entre l'instituteur du village et… Dieu. Ce qui, disait-elle, n'était pas incompatible et j'en étais également convaincue.

— Te connaissant, je ne pense pas que ce beau jeune homme t'ait séduite par son physique de mannequin. Des mecs comme ça, tu t'en lasses rapidement. Corrige-moi si je me trompe, vous n'avez pas encore couché ensemble. Alors explique.

— À vrai dire, je n'ai pas ressenti de telles émotions depuis…, je déglutis sans parvenir à prononcer son nom, Claire le fait à ma place.

— Andrew, dit-elle avec douceur.

J'ai toujours du mal à entendre ce prénom, même dans la bouche de Claire. Une larme, que je ne parviens pas à contenir, roule sur ma joue. Une vague de douleur m'envahit, j'éclate en sanglots. Je ne comprends pas ce qui m'arrive, ce qui a bien pu déclencher cette déferlante. Claire me prend dans ses bras.

— Pleure tout ton saoul, ma belle, il était temps que le barrage cède.

Je me laisse aller dans l'étreinte chaleureuse de cette femme qui m'a un jour redonné goût à la vie. Je n'aurais pas imaginé que cela soit possible après le drame qui m'a frappé huit ans plus tôt.

En 2001, j'avais dix-sept ans et la vie était belle. J'étais amoureuse d'un homme de quelques années mon aîné, Andrew, vingt-deux ans, et il m'aimait en retour.

Notre aventure durait depuis six mois, nous la gardions secrète. Nicolas estimait que c'était une sage décision qu'il partageait avec mon *boyfriend*. J'étais mineure et dans ce pays, mon amoureux était passible d'une peine de prison si quelqu'un nous dénonçait. Mais je n'y croyais pas, trop persuadée qu'il bénéficierait de l'immunité diplomatique. Il était le chef cuisinier fétiche de Lord Grantham, l'ambassadeur d'Angleterre à New York où je résidais depuis deux ans.

Nicolas, fatigué de m'entendre rabâcher mon histoire d'amour, me conjurait de rester la plus discrète possible. Il craignait que mon père ne s'en mêle. De plus, mon meilleur ami ne croyait pas en ma folle idylle. Il était persuadé que cette amourette s'éteindrait comme un feu de paille, qu'Andrew meublait mon ennui et son absence, qu'il était juste une épaule sur qui m'épancher. C'était vrai, mon ami me manquait. Je devais admettre qu'il me connaissait bien, mais pour une fois, il se trompait. Andrew et moi, nous nous aimions, et je pensais que dès que j'aurais dix-huit ans, je pourrais l'épouser. C'est la décision que nous avions prise le jour de mes dix-sept ans, ou plutôt la nuit où je m'étais offerte à lui.

Hélas, les craintes de Nicolas s'avérèrent justifiées. Mon géniteur révéla son vrai visage : celui d'un monstre qui joue avec la vie des gens, même celles de ceux qu'il prétend aimer. Je découvris qu'en réalité, il n'aimait personne à part lui-même.

En quelques jours, mon père se chargea de mettre un terme à mon aventure. Dans un premier temps, il tenta de me persuader qu'un homme comme Andrew n'en voulait qu'à ma fortune, pour preuve : le chèque conséquent qu'il avait accepté et son départ imminent pour l'Angleterre.

Le monde autour de moi s'écroula. Je ne pouvais y croire, mais le temps passa sans aucune nouvelle d'Andrew. Quant à moi, je devins *persona non grata* à l'ambassade britannique.

Trois mois plus tard, je n'étais plus que l'ombre de moi-même, ne pesant plus que quarante kilos, tous les jours épuisée et somnolente. Ma mère, inquiète, me fit hospitaliser, je n'eus la force de résister. Elle suggéra que nous rentrions en France toutes les deux, espérant que Nicolas, qui lui téléphonait tous les jours pour prendre de mes nouvelles, pourrait me sortir de mon marasme, mais mon père s'y opposa. Elle sombra davantage dans l'alcoolisme, tiraillée par ses sentiments et son impuissance.

Durant mon hospitalisation, je découvris que j'étais enceinte et me persuadai que ce futur bébé allait sauver ma relation avec Andrew. Je décidai de me battre, de retrouver le père de mon enfant. Je m'imaginais le convaincre de m'épouser. Dans le cas contraire, je lui cracherais à la figure mon dégoût pour ses mensonges.

Mais une fois encore, mon père contrecarra mes plans. À l'annonce de ma grossesse, moi la petite princesse devins une sale petite pute qui devait se faire avorter, illico. Malheureusement, vu mon terme avancé, aucun gynécologue ne voulut prendre le risque de mettre ma vie en jeu et les suppliques et autres pots de vin n'avaient rien changé à l'affaire. Mes parents organisèrent alors mon transfert vers la Congrégation de la Mère Dieu, couvent à diverses vocations, perdu dans la région Orléanaise, pour mener « ma regrettable affaire » à terme et laisser l'enfant à l'adoption suivant les arrangements de mon père avec la mère supérieure.

J'y rencontrai Claire, jeune novice de vingt-cinq ans qui allait devenir mon meilleur soutien et mon intermédiaire avec Nicolas dont j'avais plus besoin que jamais.

Claire qui est toujours là aujourd'hui, en ce triste moment, pour m'accompagner et me soutenir alors que les souvenirs affluent. La vague douloureuse menace de m'engloutir tandis que je songe à mes disparus, Andrea et Andrew.

J'ignore encore aujourd'hui qui nous a trahis. Mais je crois en la justice divine, et je prie tous les jours pour que ce meurtrier paie pour son crime. Quant à mon père… je m'en occupe en attendant qu'à son tour, un dieu vengeur lui règle son compte.

Chapitre 14
Retrouvailles

Suzie

Évoquer le passé avec Claire après m'être effondrée, avoir versé un torrent de larmes contenues depuis toutes ces années est encore pesant ce matin. Aujourd'hui, je ne revis pas avec des « si » cette époque épouvantable de ma vie.

Andrew et Andrea sont morts. Maintenant, je suis dans l'acceptation, tous les scénarios que j'avais pu imaginer ne se seraient probablement pas réalisés. J'ai désormais conscience que mes choix, mes décisions sont inhérentes à celles des autres. Que cela me plaise ou non, c'est ainsi.

Le choix de mon père avait été de faire en sorte qu'Andrew disparaisse de ma vie et ce à n'importe quel prix, soit en l'achetant, soit en le détruisant. Contrairement à ce qu'il m'avait fait croire, Andrew ne s'était pas laissé acheter. Alors, mon père avait usé de son pouvoir et l'avait menacé. Lord Grantham avait mis dans un premier temps son protégé à l'abri à Londres.

Tout ceci, je l'avais appris bien plus tard, bien trop tard !

— La prochaine fois que tu viens, ramène donc ce beau mâle dans tes bagages, me suggère Claire tandis que je boucle ma valise et qu'elle me regarde faire, accoudée au chambranle de la porte, me ramenant à l'instant présent.

— Claire ! N'es-tu pas amoureuse de Franscisco ?

— Bien sûr que oui ! Je te taquine, je n'aurais jamais imaginé que je puisse te choquer un jour ! Embrasse Nicolas pour moi, et adresse-lui tous mes vœux de bonheur avec sa femme. Quant à Robert, dis-lui bien de prendre garde et de ne pas te blesser parce que je viendrai lui régler son compte le cas échéant. Tu rentres directement à Paris ?

— Je reste quelques jours à Lima, j'ai promis à Pedro Ramirez d'assister à son vernissage. Tu as vu sa côte ? Je n'aurais pas parié un kopeck sur lui.

— Pourtant il me semble que tu l'as bien propulsé sur le devant de la scène, en l'aidant même financièrement si j'ai bonne mémoire. Je dirais même que c'est plus qu'un kopeck que tu as misé sur lui. Tu peux réclamer ton investissement maintenant.

Je glousse à ce souvenir, à l'argent que j'ai jeté par les fenêtres, à ma relation tumultueuse avec cet artiste de pacotille à la peinture trop académique pour séduire. Mais surtout, à la colère de mon père à la vue des vidéos et photos de nous deux dans les pages de la presse à scandale, le soir où nous avions été arrêtés pour état d'ébriété avancé et conduite dangereuse, sous emprise de la drogue pour lui, alcool pour moi — le shit, pas vraiment mon trip. Peut-être cet incident explique-t-il l'animosité de Nico envers Pedro ?

— Un bon investissement tout compte fait. Et un amant très imaginatif.

— Suze, fais attention à toi cette semaine. Je ne voudrais pas que Ramirez profite de ta vulnérabilité.

Je sais qu'elle a raison. Mais malgré les résurgences de mon passé, violentes et insupportables, je n'ai pas envie de baise en ce moment. J'ai besoin d'amour et de tendresse et je sais qui pourrait me les offrir. Je serre Claire dans mes bras et la rassure.

— Ne t'inquiète pas, j'ai un autre homme en tête, tu le sais bien !

— Tant mieux, et ne laisse pas passer ta chance. Dès que tu rentres, appelle-le et sois toi-même, redeviens la jeune fille fougueuse et passionnée de dix-sept ans, celle qui savait aimer sans réserve. Montre-lui ton vrai visage. Allez file, ma grande.

Mes premières pensées sont pour Robert que j'appelle à peine ai-je posé les pieds sur le sol français. Ma décision est prise, il est temps de mettre fin à mes fantasmes, il est temps de réaliser mes rêves. Ce mec, je le veux sur moi, en moi, je le veux tout court et de toutes les manières possibles. Cet homme me fait perdre la raison. Pour lui, je me sens prête à tous les sacrifices, jusqu'à renier la vie que je mène. Je renoncerai à l'attirer dans mon monde, j'accepterai de m'enterrer en province, s'il me le demandait. Non, je ne veux pas que du sexe, je veux être celle qui lui volera son cœur et son âme.

— Hello ! Je suis de retour, un petit repas chez moi en tête à tête, ça te tente ? Tu me raconteras comment tu t'es débrouillé pour être sur le devant de la scène avec cette affaire que tu viens de conclure si brillamment, toi qui n'aimes pas vraiment ça.

— OK ! À l'heure qui te convient, promis, je serai ponctuel.

— Ne fais pas de promesses que tu ne peux pas tenir. Viens, c'est tout ! À demain à partir de 19 heures.

Et voilà, aujourd'hui, je joue mon va-tout. Je le voudrais dans mon lit dès ce soir, j'ai passé trop de nuits à rêver de ce mec, je suis en manque de sexe. Pourtant, je me suis refusé de céder aux avances de ceux qui m'ont draguée, y compris Ramirez, qui pourtant m'aurait fait grimper au rideau, ce bel étalon est plutôt brillant en la matière. Une soirée érotique avec lui aurait étanché ma soif. Mais non, je ne l'ai pas souhaité. J'ai pris cependant plaisir à le revoir, sa carrière est à son apogée comme je l'ai constaté lors du vernissage à Lima. Jusqu'alors Pedro vivotait de son art, ses toiles n'attiraient pas grand monde, il fallait reconnaître que sa peinture n'avait rien d'extraordinaire, manquant de force et d'émotions. Cependant, il semble que mon aide financière ainsi que l'opération publicitaire aient bien fonctionné. Parmi ces dernières toiles exposées, j'ai repéré le portrait d'une jeune femme au regard vide et je me suis reconnue dans cette représentation stylisée de cette inconnue. Pedro me l'a confirmé, c'est ainsi qu'il me percevait parfois et il a su faire passer ma tristesse et mes égarements à travers cette toile. Il me l'a offerte bien qu'elle soit le clou de l'exposition. Elle trône sur une étagère dans l'entrée en attendant de lui trouver sa place.

Robert est en retard, comme à son habitude et malgré sa promesse. J'arrange une mèche de mon chignon sage qui s'est échappée et sursaute au coup de sonnette. Je lisse ma robe haute couture qui met en valeur mes courbes et prends une inspiration. Je suis terriblement nerveuse. Oui, moi Suzie Jasmain ! J'ai hésité entre cette robe et une toilette plus décontractée, mais en opération séduction, j'ai estimé que la robe était bien plus sexy. Le grand jeu pour l'appâter : ma tenue, le repas, l'ambiance. J'espère que le résultat dépassera mes espérances.

Robert me tend un bouquet de roses blanches odorantes et pénètre dans le hall sur mon invitation.

— Tu as changé d'avis ? On va au resto ? J'espère que tu n'as pas choisi quelque chose de trop guindé, s'informe-t-il en contemplant sa tenue. Parce que tu m'as dit « un petit repas en tête à tête » alors j'ai penché pour la décontraction.

Je souris et le pousse vers la cuisine. Robert a opté pour une paire de jeans noirs et une chemise blanche qui mettent en valeur sa plastique.

Je dépose les fleurs sur le comptoir puis me tourne vers lui qui attend les bras ballants, un peu embarrassé. Je le vois jeter un coup d'œil circulaire à la pièce tandis que je m'avance jusqu'à lui. Arrivé à sa hauteur je lisse sa chemise, je suis assez proche pour humer son parfum, *Allure Sport* de Chanel, avec ses fragrances à la fois pétillantes et boisées, des notes sensuelles et enivrantes. Je le sens se raidir et retenir son souffle.

— Ta tenue est parfaite, mais ne t'inquiète pas, on ne bouge pas d'ici, j'ai même cuisiné pour toi. Des verrines au saumon en entrée, une épaule d'agneau boulangère et une tarte au citron.

Il siffle, visiblement impressionné.

— Tu as fait tout ça toute seule ?

— Oui. Croix de bois, croix de fer, si je mens, je vais en enfer, déclamé-je pour détendre l'atmosphère.

— Je ne savais pas que tu aimais cuisiner. Toujours est-il que l'odeur est alléchante.

— Il y a encore mille choses que tu ignores à mon sujet.

— C'est vrai, mais à chacune de nos rencontres tu me surprends.

— Favorablement, j'espère ?

J'attrape un vase pour y mettre les roses, nous sommes face à face tandis que j'arrange le bouquet et attends sa réponse. Je ne rêve que d'une chose, l'étonner au point qu'il décèle chez moi des qualités qui l'attirent en dehors de mon physique. Mais pour l'heure, j'ai une envie folle de coucher avec lui. Je suis prête à le pousser dans ses retranchements pour y parvenir. Je sais qu'il me trouve belle et sexy, il me l'a avoué à plusieurs reprises. Ce ne devrait donc pas être très compliqué. Bien que je ne souhaite pas tout miser sur ce seul atout, aujourd'hui, j'en jouerai pour satisfaire mon désir pour lui.

— À vrai dire, oui. Tu libères chaque jour davantage la Suzie de Nico, et celle-ci me plaît énormément même si elle persiste encore à parader comme un mannequin en défilé.

— Tu as quelque chose à lui reprocher à ma tenue ? m'inquiété-je en lissant la robe dans un geste sensuel et suggestif. Tu veux que je l'enlève ?

Avant qu'il ne puisse répondre, j'en défais les boutons et le vêtement glisse à mes pieds dévoilant mes sous-vêtements en dentelle blanche qui rehaussent mon teint doré par le soleil et la courbe parfaite de mon corps.

Robert déglutit et range ses mains dans les poches de son jeans. Je perçois chez lui une envie irrésistible de me toucher. Il va perdre le contrôle rapidement si je m'y prends bien. Malgré mes avances sans ambiguïté, il reste figé alors que j'aspire à sa vigueur et qu'il me prenne sur le comptoir de la cuisine. Je deviens folle devant son manque d'empressement, un mec ordinaire se serait déjà précipité sur moi. Je sens son désir, je le lis dans ses yeux, mais ne comprends pas ce qui le retient. Ce n'est pas plus mal, il me confirme ainsi qu'il n'est pas vraiment comme les autres. Mon corps est en ébullition, il faut en finir et je me décide donc à prendre l'initiative. Je le pousse jusqu'au mur derrière lui. Robert écarquille les yeux de surprise.

— Si tu ne m'embrasses pas, je te mords. Je n'en peux plus d'attendre. Tu es libre maintenant, je le sais.

Je lui caresse la nuque et ses mains se posent enfin sur mes hanches nues. Il resserre son étreinte jusqu'à ce que nos torses se touchent.

— J'ai envie de toi, Robert, depuis le premier soir chez Nico, et je vois dans tes yeux que je ne te suis pas indifférente.

Nous nous fixons, front contre front, nos mains fébriles explorant mutuellement nos corps. Je déboutonne hâtivement sa chemise tandis qu'il libère mes seins de leur écrin de dentelle. Il en caresse les mamelons avec délicatesse, tandis que je prends sa bouche avec violence et passion, forçant le passage pour un baiser avide auquel il répond enfin. Je bataille quelques minutes avec les boutons de son jeans et son sexe turgescent tressaute sous mes doigts. Il se contorsionne pour faire tomber son pantalon sur ses chevilles tandis que j'en fais de même avec ma culotte sans jamais rompre le contact avec ses lèvres, puis il me saisit par les fesses et je m'enroule à lui son sexe niché entre mes cuisses humides de désir.

— Suzie, je n'ai pas de préservatif sur moi, parvient-il à dire dans un souffle.

Je ne suis pas surprise et je suis touchée alors que je devrais être déçue : il ne prévoyait pas de coucher avec moi. Mais, moi oui, et je suis une femme organisée.

— Dans ma chambre, ne me lâche pas.

Je le dirige vers la pièce, nous manquons de tomber alors que Robert tente de se débarrasser de son jeans qui lui entrave les chevilles. Nous nous laissons choir sur le lit en riant, moi sur lui vibrant d'impatience. Je me régale du spectacle du corps de cet homme magnifique, le mien frémissant, mon sexe moite déjà prêt à l'accueillir. Mais Robert prend son temps, il retire une à une les épingles de mon chignon jusqu'à ce que ma chevelure libérée tombe en cascade sur lui. Il en saisit une mèche entre ses doigts pour me chatouiller les seins avec. D'un coup de reins, il me fait basculer pour se retrouver au-dessus et je me cambre sous les baisers légers comme des plumes qu'il dépose sur ma poitrine, mes hanches, tandis qu'il caresse habilement mon intimité me poussant à la limite du supportable.

Je me saisis d'un préservatif que j'ai glissé sous l'oreiller un peu plus tôt. Je hausse les épaules devant le regard étonné de Robert et me hâte d'habiller son sexe, l'attirant fébrilement en moi. Et nous reprenons de plus belle notre insatiable corps à corps. Nous atteignons l'orgasme en même temps et je crie son nom. Je n'avais jamais, jusqu'à ce jour, ressenti autant de plaisir. Nous restons enlacés, lui toujours en moi, pendant quelques minutes, et je me surprends à apprécier ce moment d'intimité tandis que je sens son sexe encore palpitant. Habituellement, je me détache rapidement et me lève pour aller me doucher. Le plus souvent, j'abandonne mon amant pour rentrer chez moi, car jamais je ne les invite dans ma chambre. C'est Robert qui se lève le premier, après avoir retrouvé son souffle, pour rejoindre la salle d'eau.

Je me glisse sous les draps et suis d'un regard appréciateur sa silhouette, mate ses fesses tandis qu'il se dirige vers la salle de bains attenante. Robert se retourne.

— Tu reluques mes fesses ?

— Oui, tu as un cul d'enfer.

Chapitre 15
Confidences sur l'oreiller

Robert

— Tu es un vrai cordon bleu !

— J'ai quelques talents grâce à un excellent professeur.

— Vraiment ? Il est vrai que Nico n'arrête pas de dire que tu as plusieurs cordes à ton arc et que tu pourrais exercer dans différentes branches tant tu es talentueuse. Mais jamais il n'a évoqué le fait que tu avais suivi des cours de cuisine.

— C'était il y a longtemps. On peut changer de sujet, s'il te plaît ?

Je la regarde, surpris. Elle est troublée, je l'entends dans sa voix ; sa main tremble et elle est obligée de poser sa fourchette. Elle garde les yeux baissés sur son assiette. Je me penche et lui relève le menton pour croiser son regard, voilé de larmes. Mon cœur se serre, je me demande bien ce qu'elle me tait encore sur son passé. Mais je ne veux pas la forcer.

— Suzie, je suis désolé si j'ai manqué de tact.

— Non, ce n'est pas ta faute, c'est juste…

Elle s'interrompt pour essuyer ses larmes.

— C'est idiot, le début de soirée était prometteur, reprend-elle.

— Elle ne fait que commencer. Si nous la terminions comme nous l'avons débuté, dans ton lit ? À moins que tu ne sois en panne de préservatifs ?

Je parviens à la faire sourire et m'incline davantage pour poser mes lèvres sur les siennes. Puis je lui prends la main et l'entraîne vers sa chambre pour un deuxième round.

— OK, mais tu me fais un strip-tease !

— Il ne me reste pas grand-chose à retirer, tu portes une partie de mes vêtements.

Ses cheveux sont défaits, ses yeux cernés de mascara, et elle est nue sous ma chemise. Terriblement fragile et excitante à la fois ! Mon sexe reprend de la vigueur.

Je lui caresse la joue du dos de ma main. Cette fille me rend dingue et je ferai tout ce qu'elle me demandera, même de plus ridicule, pour la voir heureuse et épanouie comme tout à l'heure lors de notre baise impromptue.

— OK, si ça peut te rendre le sourire.

— Yes ! Sur la chanson de Joe Cocker, *You Can Leave Your Hat On* ? décide-t-elle, mutine.

— Non ! Pas ça !

— S'il te plaît, j'adore cette chanson, minaude-t-elle en me caressant les épaules et déposant de légers baisers autour de ma bouche.

Je l'attire vers moi par la nuque et force la sienne dans un fougueux baiser.

— Tu es une diablesse ! Tu as gagné. Mais si tu le répètes à quelqu'un, je me vengerai.

— Comment ?

— Pour commencer, je te donnerai la fessée.

Ce faisant, je la bascule sur mon épaule et claque son postérieur rebondi, puis la jette sur son lit défait.

Elle rit et se masse les fesses. Je sais que je ne lui ai pas fait mal et qu'elle joue aussi. Elle s'installe confortablement contre la tête du lit et attrape son iPhone sur lequel elle pianote à la recherche du morceau qui va m'accompagner. Elle lance la musique, retire la chemise qu'elle m'avait empruntée et me la tend en m'enjoignant de la remettre. Puis elle se glisse sous les draps en les remontant jusqu'à cacher ses seins.

— Allez, montre-moi comment tu sais exciter une fille rien qu'en te déshabillant.

Je me prête au jeu. En réalité, ce n'est pas bien difficile, car à dix-huit ans, pour donner suite à un pari, j'ai joué au chippendale dans les boîtes de nuit pendant mes vacances à Soulac. Ce qui m'avait même rapporté un peu d'argent ! Les filles se jetaient sur moi comme des folles, Meg trouvait ça dégradant. Mais quand on est jeune, on est capable de faire beaucoup d'âneries et j'étais sans complexe avec mon corps. Pas que je ne le sois plus, mais ce soir, l'enjeu est différent. Je ne veux pas paraître idiot devant Suzie. Si elle retrouve le sourire, rien d'autre n'aura d'importance. De plus, je connais bien cette chanson, je me suis déjà déshabillé plusieurs fois sur ces paroles. Enfin pas mis à nu comme je vais le faire ce soir.

— Tu as le chapeau qui va avec, j'espère ? la taquiné-je

— Eh bien… oui, glousse-t-elle. Juste là, dans mon placard, sur l'étagère du haut.

— J'hallucine !

Elle hausse les épaules.

— Je t'ai dit que j'aime cette chanson et j'ai vu le film plusieurs fois. J'adore la scène. Kim Basinger est magnifique et Mickey Rourke pas mal du tout. Mais pas de chapeau dans cette interprétation, bien que la chanson en fasse mention. Mais toi… Non, je n'y crois pas, tu l'as déjà fait ?

Je me penche pour lui voler un baiser, un Borsalino sur la tête.

— P'te bien. Allez, remets la musique au début.

Je me lance en lui tournant le dos. Quatre minutes, c'est long et court à la fois, la chorégraphie me revient très vite. J'ôte ma chemise et me caresse le torse avant de me retourner en rythme pour lui faire face. Elle a remonté la couette jusqu'à sa bouche et la mordille. Ses yeux pétillent, je m'enhardis. Je défais avec lenteur le bouton de mon jeans et joue avec la braguette avant de la descendre. Mon sexe pointe à la limite de mon boxer. Je retire mon pantalon, moins pratique

que celui de la tenue « spécial chippendale », avec autant de grâce que possible, à deux doigts de me casser la figure, ce qui la fait pouffer derrière le drap. Je me tourne à nouveau et lui présente mes fesses après avoir baissé mon slip, que je parviens à enlever sans trop de casse. Mon sexe, enfin libéré de sa prison de toile, est au garde-à-vous. Je le cache sous le chapeau et pose langoureusement mes deux mains sur ma nuque. Le Borsalino tient tout seul grâce à mon érection. Punaise, que je suis doué ! Puis je lui fais face, pile quand la musique s'arrête. Waouh ! Je suis synchro ! Je suis sûr que là, elle va éclater de rire, c'est le but de mon petit cinéma. Mais elle me surprend en rampant dans ma direction, se met à genoux sur le lit quand elle parvient à ma hauteur, jette le chapeau à la volée et m'incite à me pencher vers elle pour l'embrasser. Elle me déséquilibre, et je tombe sur le lit. Elle en profite pour se mettre à califourchon sur moi ; elle veut tout contrôler, je la laisse faire. Elle ne rit pas du tout, j'en suis presque dérouté. Son regard est des plus sérieux quand il plonge dans le mien et je me noie dans le bleu de ses yeux.

— Robert, aime-moi, supplie-t-elle.

L'aimer, je ne demande que ça ! Cela ne sera pas bien difficile si elle m'ouvre son cœur, parce que je veux pouvoir le faire de toutes les façons qui soient.

— Je vais t'aimer, Suzie, comme personne ne l'a encore jamais fait.

Sa mâchoire se contracte, ses traits se figent. J'ai le sentiment d'avoir encore gaffé. C'est difficile de ne pas commettre d'impair lorsque la personne en face de soi vous tait son passé. Je la bascule sous moi.

— N'oublie pas que je suis premier du top dix de Clémence ! dis-je pour détendre l'atmosphère.

— Mais peut-être pas encore du mien, objecte-t-elle, mutine.

— T'inquiète, je vais déloger le tenant du titre.

Cette fois, elle s'esclaffe.

— Je suis impatiente de voir ça !

Une heure plus tard, après une douche commune et quelques câlineries supplémentaires, nous sommes allongés face à face. Elle, ses mains glissées sous sa joue, les yeux brillants, le visage rougi par les frottements de ma barbe naissante ; moi, la tête appuyée sur ma main, tandis que de l'autre, je caresse la courbe de sa hanche nue.

— Alors, princesse, je suis sur la première marche du podium, j'ai détrôné mon rival ?

Elle s'approche pour déposer un baiser sur mes lèvres et me caresse la joue. Je l'attire contre moi.

— Oui, et pas que pour tes prouesses sexuelles.

Je hausse un sourcil tandis qu'elle caresse tendrement ma bouche de son pouce.

— Aucun homme jusqu'à ce jour depuis...

Je sens qu'elle hésite à poursuivre. Elle va prononcer un nom, le nom de quelqu'un qui a compté dans sa vie. Nicolas ? Malgré ce qu'elle m'a raconté, l'aimerait-elle ?

— Depuis mon premier amour, Andrew, aucun homme ne m'a fait ressentir autant d'émotions que ce soir, finit-elle par dire dans un souffle

Je reste sans voix, je n'ose plus bouger, plus respirer. Va-t-elle se confier ? Je devine qu'elle souffre, ses yeux sont humides. Elle aime cet homme, encore aujourd'hui.

Pourrais-je le lui faire oublier ? Où est-il ? Risque-t-il de réapparaître et de la récupérer, juste maintenant, quand mon cœur bat et ne vit que pour cette fille qui m'a ensorcelé ? Elle doit deviner mon émoi et mes inquiétudes, car elle tente aussitôt de me rassurer.

— Ne t'inquiète pas, Andrew ne reviendra pas, il n'est plus de ce monde.

Ses paroles ne me réconfortent pas vraiment. Les souvenirs des êtres chers sont tenaces et ne s'effacent jamais.

Ils restent en vous éternellement. Donc le fameux Andrew ne reviendra pas dans sa vie, il y est toujours. Me fera-t-elle une petite place dans son cœur ?

— Robert, c'était il y a longtemps, continue-t-elle.

Visiblement, mes sentiments se lisent sur mon visage, mon angoisse est perceptible.

— Prends-moi dans tes bras, je vais te raconter cette partie de ma vie que je n'ai confiée qu'à peu de personnes.

Je m'allonge sur le dos, et elle vient se nicher sur mon torse, sa main sur mon ventre, les miennes sur sa taille. Elle prend une inspiration. Je présume que ces confidences vont être compliquées.

— Surtout, ne m'interromps pas parce que sinon je ne parviendrai jamais à aller jusqu'au bout… J'avais presque dix-sept ans. Je m'ennuyais terriblement dans les soirées à l'ambassade. Nicolas n'était pas là et je n'avais personne avec qui jouer à nos jeux débiles, mais distrayants à savoir nous moquer des invités les jours de gala. Lors d'une soirée à l'ambassade d'Angleterre, j'errais dans les cuisines, comme souvent, et c'est comme ça que j'ai rencontré Andrew, le chef étoilé de Lord Grantham, et accessoirement, son protégé. Ce fut le coup de foudre réciproque. Il avait vingt-deux ans. À dater de ce jour, nous avons entretenu une relation enflammée, à l'abri des regards. Enfin, jusqu'à ce que quelqu'un en informe mon père.

Elle fait une pause, et je sens un nœud dans ma poitrine. Je prends sa main et la serre en signe de réconfort. Elle reprend son histoire.

— Et…

— Suzie, tu n'es pas obligée si tu ne te sens pas prête, ne puis-je m'empêcher de l'interrompre.

— Je le suis. Si nous devons entamer une relation, je veux que tu saches, que tu comprennes pourquoi je suis si complexe, pourquoi je suis devenue telle que je suis. Mon père nous a brisés, tous. Moi, ma mère, et il est responsable de la mort d'Andrew. C'est lui et celui qui nous a trahis qui l'ont tué, même si Andrew s'est suicidé.

Elle pleure. Je sens ses larmes rouler sur ma peau, des larmes qui me sont douloureuses et que je voudrais faire disparaître de ce beau visage qu'elle tend vers moi, avec ce regard qui me supplie de l'aimer. Et je vais m'y atteler jusqu'à mon dernier souffle, c'est une certitude, sans que je sache comment je peux en être aussi sûr alors que je la connais à peine.

Je la bascule sous moi et bois ses larmes tout en lui murmurant :

— Chut, Suzie, ne dis plus rien. Je suis là et je te protégerai tant que tu me laisseras faire.

Chapitre 16
La surprise de Robert

Eve

Accoudée à la balustrade de la terrasse, Suzie écoute les garçons se chamailler sur la meilleure manière de cuire les steaks. Je la rejoins, lui offrant un verre de Chardonnay, son vin préféré, au grand désespoir de Robert qui ne vante que les Bordeaux. Nous dégustons le vin en silence, j'en profite pour l'examiner. Si, encore aujourd'hui, Suzie semble toujours cérémonieuse et d'une élégance rare dans ses tenues dont elle ne parvient pas à se départir, Nico et moi, qui la connaissons vraiment, pouvons lire dans son regard qu'elle a enfin lâché prise.

— Tu l'aimes, n'est-ce pas ?

Suzie détache son regard de l'homme qui vient de chambouler sa vie pour se tourner vers moi.

Ses yeux bleus pétillent et elle rosit, gênée d'avoir été surprise à dévoiler ses sentiments par sa seule attention portée sur Robert. Ce n'est pas son habituelle gourmandise coquine que j'y lis, non, c'est toute autre chose. Je suis convaincue au fond de moi de ne pas me tromper. Je sais ce qu'elle ressent : je l'éprouve moi-même. Il me suffit de regarder Nico et mon cœur s'emballe. Je la sens hésiter, sur le point de mentir. Peut-être n'est-elle pas encore prête et cherche-t-elle à nier l'évidence ? Elle soupire.

— J'ai déjà été amoureuse, mais… ce que je ressens pour lui… Je suis terrorisée, Eve !

— Il t'aime aussi, Suzie. Il serait peut-être temps de vous l'avouer l'un à l'autre.

— Je ne sais pas. Ça fait juste trois mois que nous sommes ensemble. Et si je me trompe ? Si, en réalité, tout n'est qu'attirance physique ?

— Tu ne crois pas au coup de foudre, Suzie ? Moi si ! Et dès que j'ai croisé le regard de Nico, j'ai su que nous étions faits l'un pour l'autre. Il a fallu un peu plus de temps à ce vaurien pour le réaliser, et il m'a rendue folle pendant plus d'un an à m'abreuver de ses histoires avec ses conquêtes. Être sa confidente a été très difficile, crois-moi ! Mais j'ai toujours su que mon heure viendrait, qu'il serait à moi pour toujours ! Nous sommes liés pour l'éternité, je le sais. Pour vous, c'est pareil. C'est le destin, c'est écrit ! Tu ne trouves pas étrange que pendant plus de dix ans, la bonne fortune ne vous ait jamais mis face à face ? Il fallait que ce soit maintenant, pour que tu sois prête à l'accueillir !

Suzie ne sait quoi répondre, elle se tourne à nouveau vers Robert pour le surprendre à la dévisager intensément. Aurait-il entendu des bribes de notre conversation ? Je ne pense pas, il est trop loin pour saisir notre échange. Et, comme à chaque fois qu'elle porte le regard sur lui, je peux voir dans ses yeux un sentiment de bonheur proche de la béatitude. J'ai vécu toutes ces émotions je les vis encore, alors je le perçois d'autant plus intensément. Je suis la plus compétente pour décoder tous ces signes.

— Bon, les filles, qu'est-ce que vous attendez pour nous rejoindre ? Les steaks sont cuits à point, on n'attend que vous ! nous crie Nicolas du fond du jardin.

— On arrive, je vais chercher la salade.

Je la rejoins alors qu'elle descend les marches qui la séparent des hommes pour se couler dans les bras de Robert et l'embrasser tendrement.

— Ça va ? s'inquiète ce dernier en resserrant son étreinte à la fin du baiser.

— Oui, je vais merveilleusement bien.

— Tu es sûre ?

Elle lui caresse le visage du revers de la main.

— Quand je suis dans tes bras, toujours, mon cœur, tu le sais bien.

Robert semble rassuré, je ne sais pas pourquoi il s'inquiète. Peut-être a-t-il perçu son angoisse lorsqu'elle m'exprimait ses craintes ? Je souris. Oui, Robert est fou d'elle ; il devine, lui aussi, toutes les émotions de Suzie, comme Nicolas et moi. Ils sont les deux moitiés d'un tout ! J'en suis des plus heureuses. Ces deux-là sont ma famille, je les aime plus que tout au monde et ne rêve que de leur bonheur.

Septembre touche à sa fin, mais la soirée reste agréable. Installés sur la même chaise longue, Suzie et Robert profitent, dans les bras l'un de l'autre, de la douceur du soir. La Tour Eiffel scintille de mille feux, c'est un spectacle saisissant dont je ne me lasse pas. La vue de ma chambre est encore plus spectaculaire malgré la distance entre les deux quartiers.

Ce soir, mes talents culinaires font la joie de mes convives. J'ai beaucoup appris avec Suzie qui est bien plus douée que moi. Elle m'a enseigné quelques astuces d'un grand chef dont elle m'a tu le nom, sujet sensible, ai-je cru comprendre : un de ses secrets. Je leur propose aujourd'hui un opéra, une vraie petite merveille gustative et un plaisir des yeux. Depuis l'aménagement dans ma nouvelle cuisine, il ne se passe pas un week-end sans que je ne me lance dans de nouvelles recettes toujours plus élaborées.

— Ne me dis pas que c'est toi qui l'as fait ?

J'acquiesce d'un mouvement de tête.

— Je suis impressionnée par la délicatesse du biscuit et la présentation digne d'un grand pâtissier.

J'apprécie la remarque et le compliment.

— C'est ton gâteau préféré et Robert m'a demandé de le mettre au menu.

Suzie se tourne vers lui, surprise.

— Comment tu le sais ? l'interroge-t-elle.

— Je connais tes goûts, mon ange. C'est l'anniversaire de notre rencontre, aujourd'hui, je voulais te faire plaisir. En fait, j'allais commander ce délicieux biscuit chez Pierre Hermé quand je me suis dit qu'Eve se plairait à tenter l'expérience et relever ce défi.

— Habituellement, on fête les un an de rencontre, pas les six mois !

— C'est-à-dire que je n'aurai pas la patience d'attendre aussi longtemps pour faire ma demande.

— Ta demande ? répète Suzie n'osant croire ce qu'il vient de laisser entendre.

Sur ce, Robert sort de la poche de son pantalon une boîte rouge et l'ouvre sous nos yeux ébahis pour laisser entrevoir un diamant d'une taille honorable serti d'émeraudes. Suzie reste interloquée devant une démarche aussi inattendue et si précipitée, mais glisse la bague à son doigt et constate qu'elle lui va parfaitement. Robert déglutit, certainement étonné par son geste. Il s'était sûrement attendu à de l'hésitation, qu'elle lui rit au nez, au mieux à ce qu'elle souhaite un temps de réflexion.

Je suis terriblement émue par cette scène romantique et j'essuie une petite larme tandis que Nico me serre davantage dans ses bras. Le temps semble suspendu, les bruits alentour s'assourdissent, j'ai l'impression d'être dans une bulle cotonneuse. Un strident coup de frein dans la rue me ramène sur terre alors que Suzie se jette avidement sur la bouche de Robert dans un ardent baiser qui leur coupe le souffle. Puis elle lui chuchote à l'oreille suffisamment fort pour que nous l'entendions :

— Je t'aime aussi Robert. Je ne sais pas comment tu t'y es pris, mais je ne conçois pas de passer une seule minute loin de toi, et oui, je veux bien t'épouser et partager avec toi comme ces deux-là des moments gluants de guimauve.

Nico applaudit et je me joins à lui.

— Eh bien, si j'avais su que tous les deux, vous étiez faits pour bien vous entendre, j'aurais fait en sorte que vous vous rencontriez plus tôt. Je t'aurais évité cette période de débauche, ma belle, lui lance mon mari tandis qu'il l'étreint pour la féliciter.

Je lui tape sur le bras.

— Tu sais bien qu'il fallait en passer par là ! Comme l'a dit si bien Paul Eluard : « Il n'y a pas de hasard, il n'y a que des rendez-vous. »

— Ah, j'oubliais que ma femme était une adepte des événements écrits dès notre naissance, et qu'il faut profiter pleinement d'ici et maintenant. Elle m'effraie parfois, c'est comme s'il fallait vivre chaque jour comme si c'était le dernier.

Je le frappe à nouveau.

— N'importe quoi, c'est juste que je veux profiter de chaque minute de bonheur avec toi, mon amour.

Oui, parce que le bonheur ne tient qu'à un fil ! Et que j'ai comme le sentiment que le destin nous réserve un sort tragique. Où, quand et comment, je l'ignore, mais je le sais. C'est pourquoi nous ne pouvons pas perdre de précieuses minutes. Je regarde mon mari avec tendresse, ce secret, je le garde pour moi. Pas que le cartésien en lui ne me croirait pas, non, tout au contraire. Il me connaît, il sait que j'ai parfois des visions prémonitoires. Mais je ne veux pas l'effrayer.

Chapitre 17
À quand les noces?

Nicolas

Suzie contemple sa bague. Nous sommes assis à la terrasse d'un café proche de mon bureau.

— Alors, ça te fait quel effet d'être fiancée?

Elle ne répond pas tout de suite et laisse perdre son regard au loin par-dessus mon épaule. Puis, après quelques secondes, elle le pose sur moi.

— Je ne sais pas. Tu crois que j'aurais dû réfléchir avant d'accepter sa demande?

— Qu'est-ce qui se passe? Tu doutes de tes sentiments, de ceux de Robert? Ne sois pas inquiète, je connais Robert, sa demande est mûrement réfléchie. Il ne te fera pas faux bond. Il t'aime, c'est évident.

Je lui prends la main et caresse sa bague, je sais à quoi elle songe. Ses pensées sont tournées sur son passé, sur Andrew, sur son père et sur ce qu'il est capable de faire. Mais Suzie n'a plus dix-sept ans et Robert est le type de gendre dont rêve Arthur pour sa fille, même si sa fortune n'est pas à la hauteur d'un homme tel que lui. Pour l'heure, la notoriété de Robert suffit.

— Non, je suis sûre de nos sentiments. J'ai peur, c'est tout! S'il tentait de l'éloigner de moi? Je n'y survivrai pas cette fois-ci!

— Suze! Tu es plus forte que tu le penses. Ton père t'a brisée et tu t'es reconstruite, tes capacités de résilience sont incroyables. Tu es parvenue à avancer malgré la mort d'Andrew et d'Andrea. Je ne sais pas ce qui est le pire, perdre celui que l'on aime, son enfant, ou les deux… Je sais que tu as pris quelques chemins sinueux, mais aujourd'hui Robert est là pour toi, avec toi. Je ne pouvais pas espérer mieux. Je t'aime, mon cœur. Si tu savais à quel point j'ai haï Arthur pour tout ce qu'il t'a fait subir. Le poing sur la gueule que je lui ai mis m'a un peu soulagé.

Elle fronce les sourcils et m'adresse un message muet.

— Je ne te l'ai jamais dit, mais à l'annonce de la mort d'Andrew, à mon retour d'Angleterre, je suis allé le voir, ta mère et lui étaient en vacances à Chamonix. Je lui ai pété la figure et si Rose n'était pas intervenue, je crois bien qu'il aurait fini à l'hosto et moi derrière les barreaux. Enfin, ma liberté, je la dois à Georges.

Je me souviens encore de la haine qui déchirait mes traits et de la violence avec laquelle je l'avais frappé tout en vociférant comme un dément.

Évidemment, ceci explique qu'il n'ait plus jamais, à dater de ce jour-là, levé le petit doigt pour moi ! À vrai dire tant mieux, il est préférable de ne rien devoir à ce genre de sinistre individu. De toute façon, dans la vie, être redevable de quelqu'un n'est pas envisageable pour moi. J'ai pour ligne de conduite de subvenir à mes besoins par moi-même et grimper les échelons sociaux par mon seul mérite. Je veux pouvoir me regarder dans la glace, le matin, quand je me rase.

— Tu n'avais pas besoin de le savoir à l'époque, je ne voulais pas que tu t'inquiètes pour moi. Tu connais bien ton père et imagines les menaces qu'il a proférées contre moi.

— Oui, je n'en doute pas. Et tu as raison, c'était déjà très douloureux de surmonter la mort d'Andrea lors de l'accouchement, puis celle d'Andrew.

Une larme glisse le long de sa joue, elle l'essuie rapidement.

— Tu crois que papa l'aurait accepté s'il avait su qu'Andrew était le fils de Lord Grantham ?

Je ne le pense pas, jamais Arthur ne l'aurait accepté. Je le sais, il l'avait traité de sale bâtard quand je lui en avais fait part. Le fait qu'Andrew soit le fils illégitime d'un Lord anglais n'y changeait rien. Au contraire, cela n'avait fait qu'attiser sa haine pour la personne publique à la mentalité décadente, ce qui expliquait le penchant pédophile de son fils. Dans l'esprit tordu d'Arthur, c'est ce qu'était le jeune homme qui avait séduit une mineure et il s'était attaché à le briser en menaçant de révéler au grand jour les dessous de cette sordide affaire.

Ne souhaitant pas que Lord Grantham, auquel il était très attaché, soit sujet à la vindicte d'Arthur, Andrew avait consenti à rejoindre sa patrie d'origine, espérant que l'éloignement apaiserait les tensions, mais gardant l'espoir de revoir Suzie. Ces événements fâcheux fragilisèrent le jeune homme. L'absence de nouvelles de Suzie, l'acharnement du père de cette dernière à le faire sortir de la vie de sa fille et la découverte de la grossesse avaient contribué au reste. Andrew s'était suicidé la veille de ma visite alors que je m'étais décidé à discuter de ses projets avec lui. Aurais-je pu l'en empêcher si je m'étais manifesté plus tôt ? Je ne le pense pas aujourd'hui, je crois au contraire que Lord Grantham m'aurait claqué la porte au nez. Il en avait soupé, à l'époque, de la famille Jasmain.

— À quoi bon ressasser tout ça ! Tu ne crois pas qu'il est temps d'appliquer la philosophie d'Eve ? Ici et maintenant, prends ce que la vie te donne. Ne pas perdre de temps, vis l'instant présent intensément.

— Tu as oublié la fin : comme si chaque minute était la dernière.

— Mouais, je n'aime pas trop cette partie-là, elle m'angoisse.

Suze rit, et je m'en réjouis.

— Bon, alors, tu vas lui annoncer quand cette merveilleuse nouvelle au vieux ?

— Demain, nous sommes invités à dîner. Maman va être ravie, je suis sûre qu'elle a déjà en tête toute une liste d'invités depuis que je suis en âge de me marier. Personnellement, je ne rêve que d'une cérémonie intime. Mais je ne crois pas que j'échapperai à tout le tintouin.

— Vraiment ? Tu renoncerais à un mariage super médiatisé pour un repas de seconde zone, sans robe de créateur, une célébration où tu pourrais parader dans une belle tenue de princesse et tu nous priverais de notre jeu favori ?

— Si je pouvais, je me contenterais d'un échange de vœux à la sauvette, juste nous quatre et Claire. Mais je n'ai pas le droit de priver la famille de Robert d'un mariage traditionnel. J'enrage juste de savoir que mon père va en profiter pour briller ce jour-là et mettre Robert sur le devant de la scène. Tu imagines, sa fille rentre enfin dans le rang et épouse une star montante d'un grand cabinet d'avocats ! Pauvre Robert ! De plus je vais devoir attendre l'année prochaine pour pouvoir me marier. Aucune salle de réception digne de ce nom n'est disponible avant mai. Je suis furax.

— J'imagine. Mais ne t'inquiète pas pour Robert, il survivra et passera l'épreuve avec brio. Et il faut bien ce délai pour organiser un mariage de princesse !

— Je ne doute pas qu'il le fasse. De toute manière, j'accepterai tout, enfin presque tout, pour ce mariage, mais après ça, terminées les apparitions publiques pour Robert dans un monde qui n'est pas le sien.

Je siffle, impressionné.

— Suze ! Quel sacrifice !

— Ce n'en est pas un. Je veux protéger Robert de tous ces requins qui vont lui tourner autour dès que mon père les lui aura présentés. Et ne dit-on pas « pour vivre heureux vivons cachés » ?

Je souris ; ma petite Suzie je l'aime de tout mon cœur et lui souhaite le meilleur, elle le mérite, il est temps pour elle de tourner la page. Je ne doute pas un instant que mon meilleur ami soit celui qui l'aidera à le faire. Je n'irais pas jusqu'à dire, comme Eve, qu'il lui était destiné et que les épreuves que Suzie a vécues étaient nécessaires et inévitables, des chapitres incontournables de son livre de vie : personne ne devrait avoir à souffrir autant avant de trouver le bonheur.

Chapitre 18
Entre-deux

Robert

Huit mois de préparatifs et de stress pour Suzie !

Plus les jours passent, plus elle rentre épuisée après d'interminables réunions durant lesquelles tout est sujet à discussion : du choix de la salle, du traiteur et même de sa robe. Ses parents s'ingénient à donner leur point de vue sur tout. Quant à elle, eh bien, elle ne peut, bien évidemment s'empêcher de les contrarier avec des choix différents. Je m'en désole. Toute cette dépense d'énergie inutile et destructrice pour quelques heures !

— Suzie, laisse tomber, quelle importance que nous mangions du canard ou de l'agneau, que la salle soit décorée de blanc ou de rose ? Je sais bien que ça n'a pas d'importance pour toi. Tu me l'as avoué, un simple repas au restaurant avec Eve et Nico t'aurait convenu. Tu reviens épuisée et toutes ses scènes ne t'apaisent pas. Je suis persuadé que ton père se régale de te voir dire noir, quand il dit blanc, alors ne lui donne pas ce plaisir, c'est un jeu perpétuel entre vous, un jeu qui t'affecte. Dans quelques mois ta famille se sera moi, tu le sais ça ?

— Je ne céderai pas pour la robe, pour le reste, c'est vrai en réalité, je m'en fiche de la déco, je veux juste que cette journée soit la plus belle de notre vie.

— Elle le sera, mon ange. Et cela ne sera pas du fait de la salle, du repas ou de n'importe quoi d'autre de matériel, mais tout simplement parce que ce jour-là, nous nous unirons l'un à l'autre. Et même l'officialisation de notre union n'est que secondaire, parce que nous sommes déjà liés. Pour l'éternité.

Voilà que je tiens les mêmes propos qu'Eve!

Elle se coule dans mes bras et lève les yeux vers moi.

— Robert, jamais je n'aurais imaginé un jour dire à un autre homme qu'Andrew que je l'aime plus que tout au monde, et encore moins que je rencontrerais quelqu'un qui me redonnerait foi en l'amour. Je vais finir par croire qu'Eve a raison, que ma destinée, c'est toi, et que ma dramatique aventure avec Andrew se devait d'être une étape nécessaire, aussi douloureuse soit-elle. Je vais t'aimer, Robert, passionnément, chaque minute de notre vie commune.

Moi aussi, je vais l'aimer, la chérir, la protéger au-delà du possible. Je décrocherai la lune, accepterai toutes ses demandes, même les plus folles, consentirai à tous les sacrifices. Je donnerai ma vie pour elle. Je lui appartiens corps et âme. Elle est une part de moi-même désormais. Oui, j'accepterai tout d'elle. Tout! Je n'aurai pas de limites pour ne pas la perdre. Si elle me quittait un jour, je serais comme amputé d'une part de moi-même. Aujourd'hui, elle est ma raison d'être, ma raison de vivre, comme je suis la sienne. Nous sommes les deux moitiés d'un tout!

Nous nous regardons en silence, nos yeux rivés un à l'autre qui en disent plus que tous les mots que nous pourrions échanger, parce qu'aucun n'est assez fort ni juste pour exprimer nos sentiments.

— Mais ceci dit, je ne céderai pas pour ma robe, parce que je te promets que mon choix est à couper le souffle.

J'éclate de rire. Ma petite rebelle est de retour.

— J'imagine! Dois-je continuer à suivre les choix de ta mère pour mon costume?

— Justement, j'allais y venir. Je ne vais rien te révéler sur ma tenue, mais j'ai quelques petites idées pour la tienne. Eve et Nicolas vont t'aider.

— D'accord ! Je suppose que ta mère ne va pas du tout apprécier d'être laissée sur la touche ?

Elle glousse tandis que je la serre contre moi et qu'une irrépressible envie d'elle me submerge. Je me noie dans l'océan de ses yeux qui expriment un désir réciproque.

Mon corps réagit instantanément au contact de ses seins gonflés qu'elle presse contre moi, je glisse mes mains sur ses hanches et la plaque contre mon sexe douloureux. Nous sommes dans mon bureau durant ma pause déjeuner. Elle est venue me rejoindre après une nouvelle dispute avec sa mère et la *wedding planner* la plus célèbre du marché, recrutée par ma future belle-mère.

Suzie est tendue, je le sens dans sa posture, mais je sais que je peux faire ce qu'il faut pour la détendre, je la suspecte même d'être venue pour ça, alors qu'elle n'ignore pas combien je suis overbooké.

Je la fais asseoir sur mon fauteuil et m'assure de bien verrouiller la porte de mon bureau après avoir demandé à ma secrétaire de ne me passer aucun appel durant la prochaine demi-heure.

Durant mes quelques minutes d'absence, Suzie s'est installée au bord de mon bureau, sa robe remontée sur ses cuisses suffisamment haut pour que je constate qu'elle ne porte pas de culotte, et me dévisage de son air canaille. Je ne peux évidemment résister à son invitation silencieuse, mais explicite. Ma belle prend les commandes de la partie qu'elle veut nous faire jouer.

Je m'approche à pas lents tout en dénouant ma cravate, elle sourit, devinant ce qui va suivre. Pendant ce temps, elle s'amuse à croiser et décroiser ses jambes à la manière de Sharon Stone dans *Basic Instinct*. Cette diablesse a un penchant pour certaines scènes cinématographiques cultes, qu'elle aime reprendre à son compte pour nos jeux sexuels.

Je défais les boutons de ma chemise en prenant mon temps, mais je ne l'enlève pas. J'ouvre la fermeture éclair de ma braguette et laisse mon sexe tumescent dépasser de mon boxer. Elle me regarde et se lèche les lèvres dans ce geste sensuel qui me rend fou, puis remonte sa robe jusqu'à sa taille et se penche en arrière en appui sur ses mains. Ses seins se tendent sous le tissu, elle écarte ses jambes pour que je me glisse entre elles. Je me penche et l'embrasse dans le creux de son décolleté, son corps se cambre sous mon baiser. Elle s'assied pour que je puisse nouer ma cravate en bandeau sur ses yeux et tandis que je serre les liens, elle glisse sa main dans mon entrejambe et entreprend de me caresser à travers le tissu de mon boxer, qu'elle finit par baisser offrant à mon sexe la liberté tant attendue. Pendant ce temps, je glisse les bretelles de sa robe et de son soutien-gorge sur ses épaules. Je libère ses seins magnifiques, aux pointes dressées, une véritable tentation. Je la bascule pour l'allonger sur mon bureau, elle croise ses jambes autour de ma taille et mon sexe vient se nicher très près du sien, là où est sa place. Elle est déjà prête, mais je sais qu'elle adore les préliminaires, aussi ne vais-je pas m'en priver, malgré mon désir de la prendre sauvagement.

Depuis que je connais Suzie, je suis pris de folie. J'ai un besoin irrépressible de lui faire parfois l'amour brutalement, de la marquer physiquement pour qu'elle ressente en son corps les stigmates de ma possession physique et mentale, qu'elle sache qu'elle m'appartient. Et elle aime ça, elle est demandeuse, certains jours plus que d'autres. Aujourd'hui, je sais qu'elle en a besoin pour apaiser sa colère.

Je bloque ses mains au-dessus de sa tête avec une des miennes. Je l'empêche de me toucher. Je sais que ça la rend folle et qu'entre le bandeau sur les yeux et ses mains immobilisées, elle me donne le contrôle, ses sens décuplés parce qu'elle ne sait pas à quoi s'attendre. Parfois nous inversons les rôles, et j'avoue que les sensations sont exacerbées, parce que nos émotions ne sont pas parasitées par tous nos sens, nos corps concentrés sur le seul toucher et l'ouïe. La musique est aussi un excellent accessoire, nul besoin de tous ces trucs tendance du moment dont on nous rebat les oreilles.

J'embrasse ses seins, les mordille puis les lèche pour apaiser la douleur. Elle se cambre sous le plaisir que ma caresse lui procure. De ma main libre, j'effleure son clitoris, ses lèvres gonflées et humides. J'humidifie mon pouce en l'introduisant en elle, elle gémit et son corps s'arque à mon contact. Je la titille un moment, tandis qu'elle me supplie d'accélérer la cadence et réclame ma queue, refusant de jouir sous mes doigts. Je réponds à sa supplique, mettant fin à sa souffrance en me glissant en elle et la pilonnant comme elle aime, tandis que j'introduis mon doigt dans sa bouche. Je relâche ses mains qu'elle vient aussitôt glisser sur mes épaules, m'attirant vers elle et me griffant. De ma main libre, je m'agrippe à sa cuisse si violemment qu'elle aura probablement un bleu demain. Mais insatiable, je mordille son sein gauche tout en caressant l'autre.

Elle halète sous la montée du plaisir, tandis que je l'embrasse avidement. Quand l'orgasme l'emporte, je sens son vagin se resserrer autour de mon sexe et je la rejoins immédiatement dans un cri rauque que je tente d'étouffer dans le creux de son cou. Je ne suis jamais très silencieux dans nos ébats, mais mon bureau n'est pas l'endroit idéal pour ce genre d'épanchements. Je me doute que ma secrétaire n'ignore pas ce que nous faisons, cependant elle n'a pas besoin de certitudes.

Il nous faut quelques minutes pour recouvrer nos esprits, puis Suzie se lève et va se rafraîchir dans le cabinet de toilette attenant au bureau, tandis que je mets de l'ordre dans ma tenue.

Assise dans mon fauteuil, elle me regarde faire, puis vient m'aider à ajuster ma cravate.

— Merci, me chuchote-t-elle, je me sens beaucoup mieux.

Je ris, l'embrasse alors que l'on toque à ma porte ; ma pause distractive vient de se terminer. Je dois me remettre au boulot.

Chapitre 19
Happy Wedding

Eve

Mai 2012

Suzie, sur les conseils de Robert, s'est pliée aux quatre volontés de ses parents. Elle a tout accepté : la liste d'invités triés sur le volet par son père, le choix des fleurs, le gâteau, la décoration, la musique, laissant ainsi maman Jasmain épuiser la *wedding planner*.

Elle a cédé sur tout, sauf sur sa toilette. Une merveille qui épouse ses lignes et met en valeur son corps superbe, une robe fourreau écrue soie et dentelle avec un haut suggestif qui laisse ses épaules et son dos nus.

Bien que sa mère ait désapprouvé cette tenue, bien trop provocante à son goût, la foule en reste le souffle coupé, subjuguée par la beauté de la jeune femme lors de son apparition au bras de monsieur l'ambassadeur. Robert l'attend au pied des marches, dans un costume ivoire rehaussé par un gilet bordeaux. Il a, sans succès, tenté de discipliner sa chevelure brune, mais sa nervosité croissante et le nombre de passages de sa main dans ses cheveux ont eu raison d'elle.

Ils sont sublimes. Je retiens un sanglot tellement je suis émue. Leurs tenues sont parfaitement assorties, Suzie y a veillé, nous confiant la lourde charge, à Nicolas et moi, de trouver le costume parfait pour son fiancé. C'est une merveille d'harmonie au-delà de nos espérances. Mon mari lâche un soupir de soulagement quand leurs regards se croisent et que Suzie lui sourit. Son angoisse allait croissant ses derniers jours, de crainte d'échouer. Elle l'avait menacé de diverses punitions s'il ne relevait pas le défi qu'elle lui avait lancé.

Ludovic et Nicolas sont les témoins de Robert, tandis que Claire et moi sommes ceux de Suzie. Je manque d'éléments pour comprendre la relation complexe entre cette ancienne religieuse d'une trentaine d'années et Suzie. Je découvre que Nicolas garde au fond de lui des secrets concernant notre amie. Je me suis d'ailleurs sentie blessée d'être tenue à l'écart quand j'ai découvert qu'une personne, dont je n'avais jamais entendu parler jusqu'à ce jour, appartenait au passé de mon mari. De mon mari qui partage tout avec moi. Enfin, c'est ce que je croyais. S'en était suivie une dispute mémorable tant j'angoissais sur le fait qu'il puisse me cacher quelque chose d'autre.

Nicolas avait tout tenté pour me calmer et s'était trouvé contraint de m'avouer que, dans son adolescence, Suzie avait vécu des événements tragiques qu'elle avait enfouis au plus profond d'elle et qu'il ne pouvait rien divulguer sans son consentement. Une promesse étant une promesse, il la tiendrait sa vie durant et seule Suzie pouvait lever le voile sur cette partie de sa vie, ce qu'elle n'était pas encore prête à faire. J'aime tellement mon mari pour sa fidélité en amitié et son côté droit et honnête. Avec lui, on peut être tranquille, il ne revient jamais sur une parole donnée.

Je n'étais donc pas restée longtemps fâchée après lui, et comment pourrais-je appliquer ma philosophie de vie en perdant de précieuses minutes de bonheur ? De plus, je saisissais désormais les raisons du comportement destructeur de mon amie et me réjouissais d'assister à la transformation de la chrysalide en magnifique papillon, me confortant dans mon opinion : Suzie possédait une très belle âme. Elle saurait veiller sur mon mari le moment venu.

— Du beau monde, du beau linge pour un mariage d'amour inattendu, me chuchote Nicolas à l'oreille

À propos de nouvelle surprenante, j'ai une révélation à faire à mon mari, mais j'attends le moment opportun. Pour l'instant, nous sommes auprès de nos proches qui échangent leurs vœux sous le regard attendri de leurs parents, mais plus particulièrement ceux de Robert. Les Jasmain présentent des visages froids et inexpressifs. Je surprends toutefois la mère de Suzie esquisser un geste furtif. Essuierait-elle une larme ?

Je regarde autour de moi ; les demoiselles d'honneur et témoins portent les tenues choisies par Suzie, choix judicieux qui met les jeunes gens particulièrement en valeur grâce à leurs plastiques harmonieuses. Le couple Éléonore et Ludovic attire les regards.

Ne manque à cette fête que Mégane, dont je me faisais une joie de faire la connaissance, hospitalisée en urgence et restée à Bordeaux. Mon mari est incontestablement un des plus beaux mâles de l'assemblée, mais je suis bien sûr de parti pris. Dans son costume gris, il s'accorde à ma robe longue de même couleur, mousseuse et lumineuse, une tenue de créateur que Suzie m'a choisie et offerte, qui a dû coûter une petite fortune, mais que j'ai accepté avec plaisir.

Je serre la main de Nicolas et me reconcentre sur la cérémonie en cours.

— Moi, Robert, déclare te prendre pour épouse. Je m'engage à t'aimer et te chérir chaque minute de notre vie pour le meilleur et pour le pire.

— Moi, Suzie, je te prends pour époux et je m'engage à t'aimer et te chérir quelles que soient les épreuves qui jalonneront notre vie commune.

— Nous, déclarent-ils ensemble, nous engageons à vivre chaque minute comme si c'était la dernière, prendrons ce que la vie nous offre, le meilleur comme le pire, jusqu'à ce que la mort nous sépare.

Je me retiens de pleurer pour ne pas ruiner mon maquillage. J'entends le père de Suzie se racler la gorge, agacé par ces formules personnelles et en dehors du protocole standard. Ma magnifique amie trouve ainsi le moyen de faire de cette journée *la* sienne.

Nicolas sort l'alliance de sa poche. C'est une bague cœur à partager. Deux moitiés qui réunies n'en font qu'une seule. Celle de Suzie est sertie de petits éclats de diamants autour de sa moitié de cœur en or jaune. À l'intérieur, ma devise qu'ils ont faite leur : « Chaque minute comme si c'était la dernière. »

Suzie n'attend pas que le prêtre permette à Rob d'embrasser la mariée. À peine les anneaux échangés, elle se jette sur lui sous le regard désapprobateur de son père et lui donne un baiser passionné sous les vivats de la foule d'invités.

Des ballons éclatent tout autour de nous, répandant une nuée de pétales de roses multicolores et odorantes.

Le prêtre toussote pour mettre fin à un baiser qui dure un peu trop et réclame l'attention de tous afin que nous puissions officialiser cette célébration par nos signatures.

Dans l'attente de notre tour pour parapher les documents officiels, Nicolas me serre dans ses bras en me tenant par la taille et m'embrasse dans le creux du cou.

— T'ai-je dit que tu es la plus belle parmi toutes les femmes réunies ici ?

— Oui, un nombre incalculable de fois depuis que nous sommes arrivés.

— Ah ! Et t'ai-je dit que je suis le plus heureux des hommes, parce que parmi tous ceux que tu aurais pu avoir, c'est moi que tu as choisi ?

— Oui, tous les jours que Dieu fait dès l'instant que tu t'éveilles et poses tes yeux sur moi. Et aussi tous les soirs quand tu te couches, avant de fermer les yeux pour t'endormir.

Un rituel qui ne faillit pas depuis le jour où il a admis m'aimer.

Chapitre 20
Tristes souvenirs

Nicolas

Seul à notre table, je suis du regard les couples qui discutent ici et là. Robert et Suzie, debout près des parents de cette dernière, reçoivent les félicitations et les vœux de bonheur des invités les plus en vue du moment.

Je devine à son air affecté et sa posture crispée que Suzie, sous ses sourires factices, bouillonne intérieurement. Robert lui tient la main, la suspectant d'être prête à s'enfuir à tout instant. J'imagine qu'il n'est pas aussi enthousiaste qu'il paraît. Bon sang ! Je n'aurais jamais imaginé un jour que mon meilleur ami parvienne à composer de la sorte. Il sait faire bonne figure quand c'est nécessaire, mais ne s'encombre pas d'obligations dans les situations qu'il abhorre. Celle-ci en est une. Entretenir une discussion courtoise avec l'homme qu'il déteste le plus au monde : Arthur ! Alors que je sais tout ce qu'il aimerait pouvoir lui cracher à la figure maintenant qu'il connaît le passé tourmenté de sa femme. Pour autant, en y réfléchissant bien, sans son intervention, Suzie et lui ne seraient pas ensemble à cette heure. Quoique je me demande si le maître de nos destinées, comme dirait ma femme, ne possédait pas d'autres cartes à jouer. Eve me répondrait que oui. Et franchement, je pourrais lui rétorquer qu'il aurait pu les utiliser et éviter une telle souffrance à mon amie.

— Alors, que penses-tu de ce mariage ? me demande Claire en s'installant face à moi, une flûte de champagne à la main.

Je ne sais pas pourquoi, cette fille, femme, bonne sœur — je ne sais plus quel qualificatif lui donner —, me met mal à l'aise. Avant elle, je n'avais jamais rencontré de religieuse de ma vie, et une défroquée ! Je ne sais même pas si ce terme s'adapte. On dit « prêtre défroqué », mais une nonne qui revient à la vie normale et mène une vie de couple à notre image, c'est quoi ? Je tente de chasser les images de Claire dans une relation sexuelle, c'est... flippant.

Claire possède beaucoup de charme, elle est charismatique et sa personnalité aimante, empathique, stimulante, lui a permis de sauver Suzie d'elle-même. Sans Claire, je suis persuadé que mon amie aurait attenté à ses jours après la mort d'Andrea. Comme quoi, dans la vie, certaines rencontres sont vitales et d'autres destructrices. Le hic, c'est que si nous pouvions le savoir dès les premières minutes, nous nous éviterions désillusion et souffrance pour ne nous entourer que de personnes bénéfiques. Mais bon, ce n'est pas ça, la vie ! Je regarde la jeune femme très en beauté sans son « uniforme ». Je crois bien que c'est la première fois que je la vois sans son voile.

— Je ne pouvais pas rêver mieux pour elle.

— Évidemment, tes deux meilleurs amis unis pour la vie... Mais Suzie est toujours fragile. Tu penses qu'ils ne se blesseront pas un jour réciproquement ? Tu sais aussi bien que moi qu'elle rêve d'une vie stable et d'un cadre apaisant, mais cela suffira-t-il ? De plus, leur attachement mutuel me semble si passionnel qu'il en est effrayant. Un drame supplémentaire viendrait tout faire voler en éclats et provoquer la réapparition de comportements destructeurs chez Suzie.

Un nuage sombre vient obscurcir le ciel, je veux me persuader qu'il est responsable du frisson glacé qui m'envahit. Mais non, je suis plus que conscient qu'il s'agit d'une vague d'angoisse qui me gagne à ses propos. Mince, est-ce vraiment le moment d'aborder cette crainte ? J'essaie déjà d'occulter les pensées tristes qui m'assaillent, la présence de Claire me renvoyant à une dizaine d'années en arrière.

Décembre 2002. Mon téléphone sonna, je ne pris pas la peine de répondre, bien trop occupé à baiser cette fille qui gémissait sous mes caresses tandis que je la pilonnais avec application. Je sentais monter l'orgasme en elle et en moi. Nous étions au bord du précipice. Mais mon correspondant insistait inlassablement. La mélodie emplissait la pièce et m'agressait. Pourquoi diable ne l'avais-je pas éteint ou mis sur vibreur ? Putain !

J'émergeai enfin de mon état second et repris pied dans le monde réel. Un nom venait de résonner dans ma tête, me sortant de ma douce torpeur physique alors que j'étais à la limite de la jouissance : Suzie. Je me retirai immédiatement, laissant cette Jess, ou Johanne ou Dieu sait comment elle s'appelait, frustrée et tentant de me retenir. Jamais, de toute ma vie sexuelle, je n'avais interrompu un coït pour répondre au téléphone ! Mais ma promesse à Suzie d'être là pour elle chaque minute prévalait sur mes pulsions. Dans ma vie, elle était la seule pour qui je me couperais un bras ou n'importe quoi d'autre, mis à part mes couilles et mon sexe bien sûr !

J'attrapai mon téléphone : numéro inconnu, ce qui ne me rassura pas, puisque je ne partageais mon numéro qu'avec très peu de personnes. Mon correspondant fit une nouvelle tentative pour me joindre, je répondis instantanément, assis nu au bord du lit, mon sexe insatisfait du sort que je lui faisais subir tandis que Jess râlait derrière moi. Je l'ignorai.

— Nicolas ? demanda une voix de femme.

— Lui-même.

— C'est Claire, il faudrait que tu viennes aussitôt que possible, l'accouchement a commencé.

— Tout va bien ? ne pus-je m'empêcher de demander, une boule d'angoisse m'étreignant soudain.

Quelques secondes s'écoulèrent avant qu'elle réponde ; ces quelques secondes me semblèrent interminables, la peur m'avait gagné, je ressentais l'urgence de la situation.

— Oui, plus ou moins. Essaie d'être là dans les quatre heures à venir.

— Pourquoi est-ce toi qui m'appelles et non pas Suzie ? Et qu'est-ce que ça veut dire « plus ou moins » ?

Je l'entendis rire.

— Bouge tes fesses et sois là avant sa mère. C'est ta main qu'elle veut broyer.

— Eh, je ne suis pas son mec !

— Je sais bien. À tout à l'heure, j'ai hâte de faire ta connaissance. Envoie-moi un SMS quand tu es sur place.

Sur ce, elle raccrocha.

Je savais qui était cette Claire, bien que je ne l'eusse encore jamais rencontrée. Cette religieuse était un rayon de soleil dans le drame que vivait Suzie, enfermée dans cette institution de merde dans laquelle l'avait confinée son père. Comment allais-je y entrer ?

La conversation terminée, ma partenaire revint à la charge, se glissant derrière moi et tentant une approche vers ma verge revenue à sa position repos. Elle m'embrassa dans le cou, frottant ses seins tendus contre mon dos. Je me dégageai brusquement et me levai, puis me retournai pour lui faire face.

— Rhabille-toi et casse-toi !

Je sais, je n'aurais pas dû être aussi désagréable. Mais si je la mettais dehors ainsi, elle ne reviendrait pas. Quoique, certaines s'obstinaient alors que je les éjectais parfois de manière peu courtoise. Mais c'était souvent le seul moyen pour qu'elles ne deviennent pas de véritables petites sangsues.

22 heures. Aucun train pour Orléans à cette heure, je devais trouver quelqu'un qui puisse me prêter une voiture. Je poussai la jeune femme vers la sortie, ramassant au passage

ses vêtements éparpillés, et je les lui glissai dans les mains tandis qu'elle me regardait d'un air abasourdi.

— Je suis désolé, raison familiale !

Eve ! J'allais emprunter sa voiture, elle ne me la refuserait pas et se contenterait des raisons évasives que je lui servirais.

Trois heures plus tard, j'étais à l'entrée du couvent et Claire m'y attendait dans sa tenue « professionnelle », oserais-je dire : robe, tablier, voile. Elle m'introduisit et je la suivis dans un dédale de couloirs jusqu'à ce qui semblait être un hôpital. Nous n'échangeâmes un mot, évoluant dans un silence quasi religieux qui semblait de circonstance.

Arrivée à la porte, elle se tourna et leva les yeux vers moi, se mordillant les lèvres. Je vis ses yeux brillants, elle avait pleuré, me semblait-il. J'étais terrorisé.

— Elle va bien maintenant, m'affirma-t-elle.

Elle me poussa dans la chambre, m'empêchant de lui poser les questions qui me brûlaient les lèvres.

Suzie, toute pâle, l'air épuisé, était assise dans un lit médicalisé. Elle tenait dans ses bras son enfant emmitouflé dans une couverture. À notre entrée, elle leva les yeux vers nous et un sanglot lui échappa.

Je me précipitai vers la petite fille qu'elle était encore, scrutai son regard apeuré, ses traits tirés et son visage baigné de larmes.

Claire s'approcha aussi et tendit les bras pour récupérer le nourrisson.

— Donne-la-moi, Suzie, il est temps de la laisser partir.

Je regardai les deux femmes sans comprendre. L'une qui s'accrochait à son enfant et l'autre qui voulait le lui prendre. Je savais qu'il était prévu que la petite Andrea soit retenue pour l'adoption. C'était la vocation de ce putain de foyer religieux, et c'était pourquoi Suzie était là. Mais je trouvais Claire bien peu compatissante et un peu brutale ; c'était sûrement la dernière fois que mon amie voyait sa fille.

— Putain ! Tu ne peux pas la lui laisser encore un peu ?

Claire me dévisagea d'un air triste tandis que Suzie pleurait à gros sanglots, dévastée. Elle parvint à se détacher de sa fille, l'embrassa sur le front et la tendit à Claire. Elle était tellement emmitouflée dans ses langes que je ne voyais pas son visage.

— Je peux la prendre dans mes bras un moment ? demandai-je.

— Je ne crois pas que tu sois prêt pour ça, me lança Claire en quittant la pièce.

En effet, je ne l'étais pas et ne le serai jamais ! On a beau m'avoir expliqué que voir son bébé mort est nécessaire pour faire son deuil, je n'ai et je ne comprends toujours pas comment Suzie est parvenue à garder dans ses bras ce petit ange décédé avant même d'avoir ouvert les yeux sur notre horrible monde. Je remercie encore à ce jour Claire ne m'avoir évité cette épreuve.

Eve me sort de mes divagations pas vraiment de circonstances en posant un baiser sur mes lèvres et s'asseyant sur mes cuisses.

Eve, ma femme et son don pour percevoir ce qui se cache au fond de votre âme.

— Oublie ce qui te rend triste, c'est un jour de bonheur à vivre minute après minute, me chuchote-t-elle à l'oreille, me faisant reprendre pied dans la réalité, son corps si vivant vibrant contre le mien.

— Allons danser, j'ai un petit truc à te dire. Tu ne m'en voudras pas Claire de t'abandonner quelques instants ? ajoute-t-elle à l'intention de notre compagne de table.

Cette dernière nous fait un petit geste de la main et nous sourit tandis que nous levons et que, main dans la main, nous nous dirigeons vers la piste de danse sur laquelle évoluent assez gauchement Suzie et Robert. Je suis intrigué par l'air sérieux de ma femme.

Chapitre 21
L'annonce

Eve

De l'endroit où je suis, je n'entends pas la conversation entre mon mari et Claire. Mais je devine qu'elle perturbe Nico et le renvoie à des souvenirs peu plaisants tant son visage est crispé et son regard perdu dans le vide. Je ne supporte pas de voir l'homme de ma vie triste et malheureux. Je ne sais rien de ces événements, mais une chose est certaine, c'est qu'ils les ont affectés, lui et Suzie, et beaucoup plus que ce qu'il prétend. Car même s'il m'a affirmé que cette tranche de vie concerne notre amie commune, je suis persuadée, connaissant leur degré d'intimité, qu'il n'en a pas été que le simple spectateur. Les ombres du passé ne doivent pas ternir cette belle journée festive. Je sais comment les chasser. La nouvelle que je vais lui annoncer va le combler de joie, bien qu'elle soit inattendue dans nos projets.

Il est tellement absorbé dans ses pensées qu'il ne s'aperçoit de ma présence qu'une fois que je l'ai embrassé. Je l'entraîne sur la piste de danse et me glisse dans ses bras, c'est là où est ma place. Je l'ai su dès l'instant où nos regards se sont croisés. Il est le soleil qui illumine mes journées, je suis la lumière qui chasse les ténèbres de ses nuits sans sommeil, lorsque les atrocités de ce monde le submergent. Sous sa carapace, Nico est un cœur tendre, bien trop sensible. Les situations tragiques l'affectent toujours physiquement, personne ne peut expliquer cette étrangeté. Quant à moi, je suis sujette aux rêves prémonitoires et je sais que mon temps sur terre m'est compté. C'est pourquoi je vis ma vie pleinement, chaque jour comme si c'était le dernier. Nico se moque de moi quand j'évoque le Destin et que je lui montre les lignes de ma main. Je n'ai pas peur, car je suis comblée, entourée des personnes chères à mon cœur qui m'aiment en retour.

Certains s'angoisseraient à l'idée de leur mort prochaine, pas moi. Cela fait déjà suffisamment longtemps que je m'y suis préparée, le savoir n'affecte pas mon humeur, juste mon mode de vie. Certains me prennent pour une illuminée, mes proches s'amusent de mon côté mystique. J'en ai conscience et je m'en moque. J'ai un rôle à jouer sur cette terre et je m'acquitterais de ma mission dont la plus importante est d'aimer passionnément mon âme sœur et mettre au monde notre enfant, Gabrielle. Oui, ce sera une fille, j'en suis persuadée. J'espère qu'elle lui tiendra compagnie quand je ne serai plus là et qu'il rencontrera rapidement celle qui l'accompagnera dans la deuxième partie de sa vie, qu'il aimera comme il me chérit, passionnément. Parce que c'est son destin. Mais l'heure de mon départ n'a pas encore sonné. Et j'ai du bonheur à offrir. Nous sommes dans notre bulle tandis que nous dansons langoureusement, tendrement enlacés. Pour l'instant, rien de néfaste ne peut nous atteindre.

— Cette robe est magnifique, cependant j'ai hâte d'être à ce soir pour te la retirer.

Je glousse à la perspective des ébats torrides qui s'ensuivront ; ses yeux ont pris cette sombre teinte marine annonciatrice de son excitation.

— Tu n'es qu'un obsédé, tu ne penses qu'au sexe toute la journée.

— Tu devrais te sentir flattée. Tu préférerais que j'aille assouvir mes besoins avec les jeunes inspectrices qui bavent sur mon corps d'Apollon ?

— Je te le déconseille fortement si tu ne veux pas finir eunuque.

— C'est que tu serais capable de le faire ! Mais ce n'est pas la crainte que tu t'en prennes à mes attributs qui me font repousser la horde de femmes qui rêvent de se jeter à mes pieds. Je n'ai pas besoin de résister à ces nanas super bandantes, pour celui qui veut bien regarder ailleurs. Car tu es la seule et l'unique qui me rend fou de désir, la seule pour qui je renoncerais au sexe si tu me le demandais. Et crois-moi, il m'en coûterait, comme tu peux le constater. Je t'aime plus que tout au monde et c'est toi seule que je veux aimer corps et âme.

Je ris alors qu'il resserre son étreinte pour que je sente son érection.

— Eh bien, puisque tu le proposes, on va commencer dès ce soir. Tu vas avoir besoin d'entraînement plus tôt que tu le penses.

— Qu'est-ce qui justifie une telle punition ? Non, tu blagues. De toute façon, tu ne tiendras pas cinq minutes, tu es incapable de me résister. Je te le prouve tout de suite, je connais tes points sensibles.

J'essaie de me dégager de sa poigne de fer. Il va me mordiller l'oreille ou m'embrasser à pleine bouche, et le fait que nous soyons en public ne l'arrêtera pas.

— C'est pour une bonne cause et tu seras d'accord quand tu en connaîtras la raison.

Je l'intrigue, je le sais. Il hausse un sourcil et met un peu de distance pour mieux me dévisager afin de tenter de deviner si je bluffe.

— Tu ne voudrais pas mettre la vie du bébé en danger le moment venu, n'est-ce pas ?

Il faut quelques secondes avant que l'information parvienne jusqu'à son cerveau. Puis c'est le choc. Il me regarde, les yeux écarquillés de surprise, bouche bée, avant de me soulever et me faire tournoyer, bousculant les danseurs et hurlant comme un malade.

— Je vais être papa !

Chapitre 22
Agression

Robert

Janvier 2012

— Non, je ne suis pas en retard ! Arrête de t'inquiéter, je suis déjà en route, je serais chez vous dans un quart d'heure.

— …

— Nico, tu me fatigues là, et je te signale que je suis en voiture. Tu ne voudrais pas que des collègues me verbalisent ?

— …

— Oui, je rappelle à Eve qu'elle doit te laisser un message sur ta boîte vocale après qu'elle ait vu la sage-femme.

— …

— Putain, Nico, qu'est-ce que tu es chiant ! Arrête de t'excuser, je sais bien que tu aurais préféré être là. Et non, ça ne me dérange pas, je suis ton meilleur pote non ? Et bientôt le parrain de ta fille. Bon, je te laisse. À plus !

Bon sang ! Ce mec me rend fou. Je sais bien que je suis réputé pour mes retards notoires, mais je suis quand même capable de faire des efforts pour des rendez-vous importants. Et celui-ci en est un.

J'ai promis à Nico d'accompagner sa femme à sa visite prénatale du huitième mois. Eve a beaucoup de mal à se déplacer, elle est énorme et victime de nombreuses plaisanteries, pas toujours drôles, à ce propos. L'humour de certains est parfois contestable.

Suzie devait nous accompagner, mais une violente migraine la cloue au lit. C'est du moins l'argument qu'elle m'a vendu pour se défiler, j'en suis persuadé. Depuis quelques mois, ma femme est très fébrile dès que l'on aborde la grossesse d'Eve, j'en comprends les raisons. Et plus notre amie s'approche du terme, plus Suzie se tourmente. Je sais qu'elle fait un transfert et qu'elle est traumatisée, elle imagine le pire. Bien qu'elle sache parfaitement quel cadeau de naissance elle fera, elle refuse de s'en occuper avant que l'enfant ne soit né. J'espère que ses angoisses disparaîtront à l'arrivée de Gabrielle.

Pour l'heure, je me gare devant le perron et monte les marches d'un pas tranquille, je suis en avance. Je sonne et constate que la porte s'entrouvre alors que je la heurte de mon épaule en m'appuyant sur le chambranle. Intrigué, je pénètre dans la maison silencieuse, ce qui me surprend, Eve ayant pour habitude d'écouter de la musique non-stop. D'un pas incertain et l'angoisse vrillée au ventre, j'hésite entre rejoindre le salon au bout du couloir ou la chambre à l'étage.

— Eve ?

Pas de réponse.

— Eve, t'es dans ta chambre ? La porte d'entrée était ouverte, tout va bien ?

Bon sang, les angoisses de Suzie m'ont contaminé !

Je m'approche de l'escalier qui dessert l'étage, la main sur la rampe, m'apprêtant à monter. Je l'appelle à nouveau. Toujours pas de réponse. La peur me noue le ventre en l'imaginant évanouie, tordue de douleurs, ou Dieu sait quoi encore. Je me décide à grimper quand un bruit sourd provenant du salon m'arrête dans mon élan. Les portes coulissantes sont fermées, autre élément perturbant, celles-ci étant habituellement toujours ouvertes. En entendant ce qui me semble être un cri étouffé, je me précipite vers la pièce, désormais convaincu qu'il est arrivé quelque chose à Eve. J'ouvre vivement les portes et pénètre dans le salon. La stupeur et l'incompréhension me clouent sur place. La salle est plongée dans une semi-obscurité, les lourdes tentures tirées. Mais à la lumière du couloir, je distingue le chaos qui y règne. Plus rien n'est à sa place. Le vase qui habituellement trône sur la table basse est renversé, l'eau goutte sur le tapis de laine, le grand écran est brisé, le fauteuil préféré de Nico lacéré, cadres et bibelots jonchent le sol. Mais le plus terrifiant est le regard qu'Eve, assise sur le divan, pose sur moi. À ses côtés, un homme la tient en respect sous la lame de son couteau, tandis que de son autre main, il la bâillonne. Un immense froid m'envahit quand je le vois appuyer la pointe de son arme contre le cou gracile de mon amie et la goutte de sang qui s'y met à perler.

— Arrêtez, ne lui faites pas de mal !

— C'est qui celui-là, ton mari ?

Eve secoue la tête négativement.

— C'est ton amant, alors ?

— Je suis un ami et son mari ne va pas tarder à rentrer. Il est flic, vous devriez partir avant qu'il n'arrive, ce qui ne saurait tarder.

J'espère que la profession de Nicolas va l'effrayer et qu'il va s'en aller, mais je réalise très vite que je viens au contraire d'aggraver la situation. Il éclate de rire, l'annonce semble l'amuser. Je fais une nouvelle tentative pour m'en débarrasser et sors ma carte bancaire de mon portefeuille.

— Vous voulez de l'argent ? Tenez, voici ma carte bleue, je vous donne mon code, mon compte est bien approvisionné.

— Nan, c'est pas ça qui nous intéresse. Tu vois, nous, on est plutôt bijoux, dans tous les sens du terme, et à défaut…

Il ôte sa main de la bouche d'Eve pour la porter sur sa poitrine et lui pétrir sauvagement les seins tandis qu'il attire son visage vers lui pour le lécher.

— Ben… j'suis pas très regardant, bien que j'aie une nette préférence pour les mecs dans ton genre, dit-il en concluant sa phrase, pour être plus explicite, d'un geste obscène de sa langue.

Je déglutis péniblement. J'ai compris le message et ressens une furieuse envie de vomir. Je suis tétanisé alors que mon cerveau bouillonne à la recherche d'une idée qui nous sorte de cet enfer. À part le raisonner, je ne vois pas ce que je pourrais faire. Cependant, mes yeux fouillent la pièce à la recherche d'un objet susceptible de me servir d'arme. Je suis terrifié, car le couteau ne quitte pas la gorge de mon amie. Malgré ses allusions, ce n'est pas à moi que je pense. Je regrette que Nicolas ne soit pas à ma place, car lui saurait comment gérer cette situation, tandis que moi, je suis là, totalement impuissant, à assister au spectacle écœurant d'Eve sous la menace de cet individu immonde. Je photographie son image dans ma tête pour m'en souvenir le moment venu. J'ose espérer qu'il ne mettra pas ses menaces à exécution et qu'Eve sortira sans dommage de cette épreuve. Rien ne compte plus qu'elle et le bébé. Je me fiche qu'il fasse la razzia sur tout ce qui a un peu de valeur dans cette baraque. Et je suis prêt à tout pour ça !

— Laissez-la tranquille, vous voyez bien qu'elle est enceinte !

— Je le vois bien, et jusqu'où es-tu capable d'aller pour que je ne lui fasse pas de mal ? Vois-tu, la douleur et la peur, chez les autres, ça m'excite. Alors que feras-tu pour que je lui laisse la vie sauve ?

Sur ces paroles, il ouvre sa braguette pour extraire son sexe de son pantalon. Eve est horrifiée. Son corps se fige, elle blêmit et porte sur moi un regard implorant, ses mains crispées sur son ventre. D'une prière muette, elle me supplie de ne rien accepter, puis implore dans un souffle.

— Ne lui faites pas de mal.

Putain, même sous la menace d'un couteau, c'est aux autres qu'elle pense ! Je me dois de trouver une solution pour nous sortir de ce guêpier, pour en sortir vivants. Pendant quelques secondes, il reporte son attention sur Eve. Je profite de ce moment de distraction pour m'avancer dans l'idée de me saisir du vase et de lui fracasser le crâne. Mais c'est sans compter sur la présence d'un acolyte qui se manifeste à l'instant où je tends mon bras vers la table basse. Il me frappe à la base du cou avec je ne sais quoi. Sous la violence du choc, je chancelle et m'écroule à genoux. D'un coup de pied, il me projette contre le fauteuil renversé qui me blesse à la tempe.

— Tu comptais faire quoi, connard ? me hurle-t-il à l'oreille tout en me rouant de coups de pieds et de poings.

J'entends les hurlements d'Eve jusqu'à ce que son agresseur la fasse taire — j'ignore comment, car ils sont hors de mon champ de vision. Quant à moi, je suis à la merci du mien qui me beugle des insanités, me menace des pires sévices dont celui de baiser mon petit cul de richard et me couper les couilles. Je veux croire que ce n'est qu'une façon de parler, jusqu'à ce qu'il bataille avec la boucle de ma ceinture. J'ai beau me débattre et brailler comme un diable, il me maintient sous sa poigne de fer, frappant encore et encore. Je crois bien ma dernière heure venue quand je ressens une violente douleur dans le pli de l'aine. Mes paupières tuméfiées me brouillent la vue, j'ai probablement le nez cassé et le goût du sang dans la bouche, mais je l'entends toujours m'insulter, proférer des propos graveleux. Son comparse se joint à lui, ce qui me fait espérer pour le sort d'Eve.

Qu'ils s'acharnent sur moi, mais qu'ils la laissent tranquille, c'est mon vœu le plus cher. Peut-être pourra-t-elle s'enfuir ? Moi, je n'ai aucune chance. Cependant, je ne vais pas leur rendre la tâche aisée. Je m'agite toujours sous leurs quatre mains inquisitrices qui me retournent sur le ventre. Dans mes efforts pour leur échapper, j'entrevois Eve allongée sur le sol, les yeux rivés sur moi. Ses lèvres bougent, je n'entends pas ses paroles, mais les devine. Elle pleure et s'excuse encore et encore. Je tente de me libérer pour lui porter secours, mais ils me clouent au sol. Je sens le poids de l'un d'eux sur mon dos. Il se penche sur moi pour tirer mes cheveux, décolle mon visage du sol et me susurre à l'oreille le plan qu'il me réserve. Il est si près que je sens son haleine fétide chargé d'alcool avant qu'il ne me fracasse la tête contre le carrelage et que je perde connaissance.

La dernière image qui restera à jamais gravée dans ma mémoire, c'est celle d'Eve en larmes suppliant mes tortionnaires d'une voix affaiblie.

Chapitre 23
Le monde s'écroule

Suzie

Je sais que je me comporte de manière totalement irrationnelle depuis qu'Eve est enceinte. J'ai honte de mon comportement, mais je ne parviens pas à gérer cette situation qui me terrorise, me renvoie à ma propre grossesse et son issue tragique. Robert s'efforce de me rassurer. Rien n'y fait. Les souvenirs se bousculent en permanence dans ma tête. Les *flash-backs* sont omniprésents. Les cauchemars hantent mes nuits, l'angoisse me vrille le ventre et je suis contrainte de prendre des anxiolytiques qui me laissent parfois complètement amorphe sur mon canapé.

C'est moi qui aurais dû accompagner Eve chez la sage-femme, mais je n'en ai pas eu le courage. Robert s'est donc proposé à ma place.

Quelle piètre amie je fais.

Le téléphone sonne à plusieurs reprises avant que je parvienne à sortir de mon état léthargique provoqué par le demi-Xanax que j'ai avalé après le départ de Robert, il y a une heure à peine. Je fronce les sourcils en entendant la voix tremblante de Nicolas, dans laquelle il me semble percevoir des sanglots. Son débit est si haché que je ne saisis pas tout tant il bafouille.

Une chose est sûre, je suis bien réveillée maintenant.

— Nicolas, qu'est-ce qui se passe ? Calme-toi ! Je ne comprends pas ce que tu dis.

J'essaie de me raisonner, mais son état de stress, perceptible au son de sa voix, m'effraie. Je devine qu'il vient de se passer quelque chose de grave, mais je suis loin de m'imaginer l'intensité de l'horreur qui va s'abattre sur moi, sur nous.

— Suzie, c'est Bruno à l'appareil, je serais chez toi dans un quart d'heure.

— Bruno ? Je ne comprends pas. Qu'est-ce qui se passe ? Il y a eu un accident, Robert ou Eve sont blessés ?

— Oui, c'est ça… un accident. Je viens te chercher pour te conduire à l'hôpital.

— Dis-moi quel hôpital, je prends ma voiture et j'arrive.

— Il vaut mieux que je t'y accompagne, Nicolas préfère.

— Tu peux me le passer ?

— Euh, plus maintenant.

— Il est parti en te laissant son téléphone ? C'est Eve ? C'est grave à ce point ? Et le bébé, comment va le bébé ? Et Robert, où est Robert ? Je veux lui parler.

J'entends Bruno soupirer au bout du fil. Que ce soit lui, le coéquipier de Nico et un de ses meilleurs amis après Robert, qui tente de gérer la situation me fait paniquer de plus en plus. Les effets des anxiolytiques ont disparu. Je suffoque, une montée de bile me plie en deux, l'angoisse me paralyse, mon cœur bat à tout rompre. Je n'ai aucune réponse à mes questions, j'imagine tout et rien.

— Tout le monde est à l'hosto, je suis à cinq minutes de chez toi, m'annonce-t-il avant de raccrocher.

Je regarde mon smartphone, abasourdie, comprenant que c'est la seule manière qu'il a trouvée pour éluder mes questions. Je réalise soudain que certaines réponses ne peuvent se donner par téléphone, ce qui confirme la gravité de la situation.

Je suis toujours assise, le regard dans le vague, quand le carillon de l'entrée retentit. Je sursaute, bondis vers l'entrée et découvre un Bruno à la mine sombre sur le pas de ma porte. Il semble avoir pleuré. Sans mot dire, il me prend dans ses bras, et je le laisse faire, moi qui n'aime pas vraiment les gestes d'effusions publiques. Et là, les vannes s'ouvrent, je pleure sur son épaule, consciente qu'un drame vient de nous frapper, sans toutefois connaître tous les aboutissants. Quand mes larmes se tarissent enfin, Bruno se défait de notre étreinte.

— Prends ton sac, on y va.

Bruno attend patiemment que je verrouille la maison, appuyé contre la voiture banalisée de la police avec laquelle il est venu me chercher. Au volant se tient un jeune inspecteur que j'ai déjà croisé au commissariat. Il me fait un signe de tête quand je m'installe sur le siège arrière tandis que Bruno prend place auprès de lui.

C'est dans un silence pesant, entrecoupé par quelques grésillements émis par la radio embarquée qui les relie au central, que nous rejoignons l'hôpital Pompidou. Je ne suis pas sûre de vouloir sortir du véhicule. Mes mains tremblent tandis que je regarde mon téléphone, à l'affût d'un message de Robert, refusant cette réalité qui va me frapper une fois que j'aurais franchi les portes des urgences.

— Viens, me dit simplement Bruno en me tenant la porte de la voiture et me tendant la main.

Nous retrouvons Nicolas qui fait les cent pas dans une salle d'attente étonnamment vide. Mais dans le couloir, je reconnais plusieurs inspecteurs de la PJ, des flics en tenue et, plus surprenant encore, son supérieur hiérarchique. Tous affichent des mines tristes, je surprends une jeune recrue à s'essuyer les yeux d'un geste vif. Nicolas ne me voit pas tout de suite et ce n'est que mieux. J'aspire à quelques secondes de répit avant que la nouvelle tombe, car j'en suis persuadée, les vies de Robert et d'Eve sont en danger. Je le sens dans mes tripes désormais, comme je le lis dans les yeux de tous ceux qui sont là pour soutenir Nicolas.

Arrivé au bout de la pièce, il se retourne pour partir dans l'autre sens, et remarque ma présence à ce moment-là. Il se précipite sur moi et se jette dans mes bras. Je ne parviens pas à lui rendre son étreinte et reste là, les bras ballants, tandis qu'au milieu de ses pleurs, il s'excuse.

Je tente d'avaler le nœud qui m'obstrue la gorge pour poser la question qui me terrifie.

— Est-ce que Robert est mort ? parviens-je à demander en le repoussant pour le regarder dans les yeux.

Il n'a pas le temps de répondre, coupé dans son élan par l'arrivée d'un médecin. Ses coéquipiers pénètrent à sa suite dans la salle, impatients également d'avoir des nouvelles. Le praticien leur demande de sortir, souhaitant nous entretenir en privé, mais le commandant ne l'entend pas de cette oreille.

— Je regrette, mais ceci est une affaire criminelle, toutes les informations nous concernent. Nous les obtiendrons donc tôt ou tard. Mais je suis persuadé que le plus tôt sera le mieux. De plus, je pense que l'inspecteur Dumont et madame Chambard ont besoin de notre soutien en ce moment difficile. Donc ce sera avec nous.

Les mots « affaire criminelle » se fraient un chemin jusqu'à mon cerveau ralenti. Je ne comprends plus rien, persuadée jusqu'alors que Robert et Eve étaient victimes d'un accident de la route. Je tourne mon regard vers Bruno. N'a-t-il pas parlé d'un accident ? Non, c'est moi qui l'ai évoqué. De quoi donc ont-ils été victimes ? Bruno évite mon regard, je me tourne vers Nicolas et accroche le sien. J'y lis une douleur immense tandis que le mien reste interrogatif.

— Monsieur Dumont, comme vous l'avaient annoncé les urgentistes, le pronostic vital de votre femme était engagé bien avant leur arrivée… De ce fait…

Il s'interrompt quelques secondes. Nicolas me broie la main qu'il serre dans la sienne, mais je ne fais rien pour la lui retirer. Personne ne parle, tous semblent même avoir cessé de respirer. L'air crépite de la tension qui nous tient en haleine, pendus aux lèvres du médecin dont les propos sont des plus explicites, bien que les mots fatidiques ne soient toujours pas prononcés.

— Je suis désolé, reprend-il, s'avançant et posant une main sur l'épaule de Nicolas en signe de réconfort.

— Et ma fille ? s'enquiert Nicolas qui reste de marbre à l'annonce sous-entendue du décès d'Eve.

Le médecin soupire, baisse les yeux. Je frissonne.

Pitié, Seigneur, pitié.

— Pour l'instant, son état est moyennement préoccupant. Cependant, elle a manqué d'oxygène trop longtemps… Il faut que vous sachiez que les séquelles éventuelles, qu'il est impossible d'évaluer pour l'instant, seront irréversibles et probablement très handicapantes.

— Oui, mais elle est en vie et c'est tout ce qui compte, conclut Nicolas.

Les membres de son équipe poussent un soupir de soulagement, tandis que l'obstétricien hoche la tête.

— Je ne veux pas vous accabler davantage, monsieur Dumont, en évoquant l'étendue des complications qui vous attendent. Vous avez déjà un deuil à gérer. Et, qui sait, je suis peut-être trop pessimiste.

Le médecin est sur le point de partir, je le retiens par la manche.

— Qu'en est-il de l'état de mon mari, s'il vous plaît ? demandé-je d'une voix tremblante.

— Je suis obstétricien, madame, je n'ai pas géré le cas de votre époux. Cependant, j'étais aux urgences à son arrivée et j'ai cru comprendre que malgré ses blessures, sa vie n'est pas en danger. Je crois avoir entendu dire qu'il passe un scanner actuellement. Le couteau n'a touché, semble-t-il, aucun organe vital. Néanmoins le chirurgien veut s'en assurer avec des examens complémentaires.

Des blessures au couteau ? Cette information chemine jusqu'à mon cerveau, les éléments du puzzle commencent à se mettre en place. Robert et Eve ont été agressés, d'où la présence de la police et l'allusion à une affaire criminelle.

— Je vous envoie une des infirmières qui a pris votre mari en charge, elle pourra vous rassurer en attendant que le chirurgien vienne lui-même vous faire le bilan de son état de santé. Pour votre fille, monsieur Dumont, quelqu'un viendra vous chercher pour vous accompagner en Service de Néonat dans un moment.

Sur ces dernières paroles, le médecin quitte la pièce. Je reste là, immobile, les bras ballants, au milieu de la salle, comme anesthésiée. Combien de temps ? Je ne saurais le dire. Une main sur mon épaule m'entraîne vers un siège et m'y pousse à m'asseoir. Nicolas est installé de l'autre côté de la salle, face à moi. Quelqu'un a dû également l'obliger à se poser. Son commandant est accroupi à ses pieds. Il lui parle à voix basse, je n'entends pas ce qu'il lui dit. Mon ami ne réagit pas. Son regard est perdu dans le vague. Soudain, une rage violente envahit tout mon être sans que je ne comprenne d'où elle vient. Je me lève et me mets à hurler.

— Putain ! Quelqu'un va-t-il m'expliquer ce qui s'est passé ?

Mon coup d'éclat fait sursauter les hommes présents dans la salle. Le commandant Saint-Pierre se relève et vient vers moi, abandonnant Nicolas à sa prostration.

— Venez, Suzie, allons nous chercher un café, je vais vous expliquer en chemin.

Je le fixe un instant, hésitante. Ai-je vraiment envie de savoir ? Ai-je envie d'entendre des révélations qui vont me bouleverser davantage ? Je ne souhaite plus que fuir, revenir quelques heures plus tôt, effacer ce cauchemar, me retrouver dans les bras de Robert, le voir sourire alors qu'il s'éveille en me regardant, comme tous les matins depuis que nous vivons ensemble.

Chapitre 24
Sans elle

Nicolas

Une semaine que je vis un cauchemar éveillé.

Eve est morte, notre petite fille est en réanimation pédiatrique, Robert est toujours hospitalisé. Son état psychologique inquiète les médecins plus encore que le pronostic physique. Suzie passe des heures à son chevet bien qu'il soit mutique durant tout le temps de sa présence. De ses dires, il ne la regarde même pas, restant prostré, les yeux dans le vide. Parfois il pique des crises, envoie valser son plateau-repas, repousse les infirmières, sursaute quand elle l'embrasse, évite tout contact physique avec elle.

Elle est anéantie, et je ne suis d'aucun soutien cette fois-ci. J'en suis incapable, moi-même sombrant jour après jour dans un puits sans fond dont je ne veux pas sortir. Suzie tente, comme elle peut, de faire face, tiraillée entre l'amour qu'elle nous porte à tous les deux, mais n'y parvient pas toujours. Robert est catatonique et moi… je veux mourir.

Tout le monde s'évertue à me faire remonter la pente, chacun à sa manière, selon son degré d'intimité avec moi, y compris les parents de Suzie. Arthur est étonnement compatissant, Rose, bien plus émotive, gère plus difficilement la situation, et Georges est effondré, tandis que je reste apathique face à leurs diverses sollicitations.

Suzie ne baisse pas les bras. Elle est sur tous les fronts, confrontée au dilemme que lui pose Robert : jamais sa famille ne doit savoir qu'il a été victime d'une agression sexuelle. Elle lui a promis. Il lui a fait jurer sur ce qu'elle a de plus cher au monde : lui. Ce sont les seules paroles qu'ils ont échangées durant les premières heures de son hospitalisation. Depuis, pas un mot.

Grâce à ses connaissances haut placées dans divers milieux, Arthur est parvenu à minimiser l'affaire. Que les rapaces de journalistes se repaissent de notre drame, je n'y tiens pas, tout autant que Robert. Donc pour la presse, nous sommes victimes d'un cambriolage qui a mal tourné. Elle ignore les détails « croustillants » qui feraient grimper l'audimat.

Une semaine que je ne dors pas, les images tournent en boucle dans ma tête. La nuit, le jour, en technicolor avec les odeurs en prime. Cette odeur métallique de sang est sur moi, en moi. Mais tout ceci n'est rien à côté de la douleur qui me broie les tripes, accélère mon rythme cardiaque et fait trembler mes mains. L'image de ma femme souriante, ses poings sur les hanches, son ventre en avant, dernière vision d'elle avant que je l'abandonne à son sort funeste, m'assaille chaque minute, provoquant cette douleur prégnante, poignante, incommensurable. Elle me consume et menace de me détruire. Je l'appréhende et pourtant je la réclame. J'en ai besoin. Elle me rappelle que je suis en vie. Moi, et pas Eve. Elle est mon calvaire et ma punition pour les erreurs que j'ai commises, pour ce temps perdu à flirter à droite à gauche au lieu de l'aimer elle, et vivre comme elle le disait si bien, comme si chaque instant, chaque minute, chaque seconde était la dernière. Je n'ai pas compris, je n'ai pas cru à ses allusions. Notre temps était compté, elle le savait, et moi… je n'étais qu'un idiot qui s'imaginait qu'à vingt-cinq ans, on a toute la vie devant soi.

La porte claque et me fait sursauter, mais je ne bouge pas. Affalé sur mon canapé, je regarde le plafond. La pièce est plongée dans l'obscurité, je n'ai pas ouvert les volets depuis que je refuse de laisser entrer qui que ce soit. Bruno vient régulièrement tambouriner à ma porte, menace de la défoncer, mais n'en fait rien. Il s'inquiète, me harcèle de textos et de messages sur le répondeur auxquels je ne réponds pas et que je n'écoute pas non plus. Il n'est pas le seul. Je les efface tous, répondant uniquement à ceux de Suzie, car elle me donne des nouvelles de Robert et de Gabrielle, mon bébé, dont elle s'occupe aussi depuis que je n'arrive plus à mettre un pied devant l'autre pour sortir de cette fichue baraque.

Je sais que c'est injuste d'imposer ma fille à Suzie, mais je suis terrifié. Je ne parviens pas à franchir les portes du service de pédiatrie, à me pencher sur sa couveuse et croiser ses yeux immenses, les yeux de sa mère. Ils me renvoient à ce que j'ai perdu.

— Nicolas ! Qu'est-ce que tu fiches ? Tu n'es pas prêt ? s'énerve Suzie en ouvrant les stores.

La lumière aveuglante m'agresse. Comment peut-il faire aussi beau dehors, c'est injuste ! Le ciel devrait déverser des trombes d'eau et être au diapason de mon chagrin. Et d'abord, pour quoi devrais-je être prêt ?

Je me redresse pour m'asseoir. N'ayant rien mangé depuis des jours, je suis pris de vertiges tandis que je me lève dans l'intention de me rendre aux toilettes. Chemin faisant, je heurte les bouteilles vides qui jonchent le sol. Tout y est passé hier soir, alcools forts comme bouteilles de vin. Ma cave en a pris un sacré coup, Eve n'apprécierait pas. Une chose est sûre, c'est que, pour un temps, la douleur qui me fouillait les entrailles s'est estompée, je crois que j'ai même dormi quelques heures.

— Profites-en pour prendre une douche, et rase-toi, on dirait un homme des cavernes.

Je la regarde par-dessus mon épaule tandis que je m'engage dans l'escalier qui mène à l'étage. Je la vois s'activer, ramasser les détritus, ouvrir les vitres pour aérer la pièce.

Si ça lui fait du bien de s'occuper !

Quand je redescends, zappant bien évidemment l'étape douche, une agréable odeur de café vient titiller mes narines. Je rejoins Suzie dans la cuisine. Elle m'attend, sirotant sa boisson, toute à ses propres pensées. Elle a maigri, ses traits sont tirés, des cernes violets marquent ses yeux tristes et rougis, et elle n'est pas maquillée, ce qui accentue la pâleur de son visage.

— Comment va Robert ?

Elle lève les yeux vers moi et soupire, visiblement excédée, probablement parce que j'ai fait la sourde oreille à ses directives.

— Tu le saurais si tu allais lui rendre visite.

Je tique, blessé par sa remarque, mais fais mine de ne pas en être affecté. Je m'installe au comptoir de la cuisine, face à elle.

— Qu'est-ce que tu fous là, je t'ai dit de ne plus venir. Je ne veux voir personne, toi y compris. Je n'ai pas besoin de toi, alors fiche-moi la paix.

C'est cruel, je sais, d'autant que j'ai besoin d'elle plus que personne d'autre. Elle fait partie de ma vie depuis toujours, et nous ne sommes rien l'un sans l'autre. Elle est une part de moi-même, d'une manière différente de la relation que nous avions, Eve et moi. Elle est ma seule famille désormais avec Robert.

— Désolée, mais tu ne me tiendras pas à distance quoi que tu dises et que tu fasses. Je ferais ce que je veux. Je t'aime, tu le sais, et j'ai fait dernièrement une promesse. Et je vais la tenir même si tu fais tout pour me rendre la tâche difficile.

— C'est quoi, ces conneries ? Depuis quand tu tiens des promesses, toi ?

— Depuis que j'ai rencontré une femme extraordinaire à laquelle personne n'a pu résister, même pas toi.

Je m'agite sur mon tabouret, agacé. Elle parle d'Eve bien sûr !

— Alors tu vas te bouger le cul, te rendre présentable, et nous allons faire ce qu'il se doit pour lui rendre hommage dans quelques jours. Pour commencer, s'occuper de son transfert au funérarium, le médecin légiste... Bref, il faut rencontrer le prêtre, réfléchir à la cérémonie et à toutes les formalités matérielles pénibles dont il faut se débarrasser. Nicolas, tu ne peux y échapper, personne ne peut le faire à ta place. Robert s'en serait occupé pour toi, tu le sais. Il t'aurait déchargé de cette déplaisante obligation, mais malheureusement, il n'est pas en capacité de le faire. Alors, ça t'incombe. C'est notre mission à tous les deux.

J'avais oublié qu'une fois l'autopsie terminée, à laquelle je n'avais pu m'opposer pour les raisons de l'enquête, je pourrais l'enterrer. Cette perspective ne m'enchante pas, elle sonne le glas d'une vérité que je m'efforce d'oublier : plus jamais son rire ne résonnera dans cette maison.

Chapitre 25
Détresse

Robert

Je suis rongé par la honte et la culpabilité. Et la colère aussi. Mais plutôt que d'en vouloir à la terre entière pour ce qui m'est arrivé, c'est envers moi que je le suis. Furieux de m'être laissé piéger, de n'avoir rien pu faire pour Eve. J'oscille entre abattement et léthargie, parfois l'excitation euphorique d'être encore en vie me gagne. Un tumulte d'émotions qui se contredisent, se juxtaposent, se succèdent. Mélange détonnant qui m'épuise. Mais les souvenirs qui me tiennent éveillé sont les pires.

Le regard apeuré d'Eve, le couteau sur sa gorge, la goutte de sang qui perle sur son cou gracile, la main de son tourmenteur sur ses seins… Les images de l'agression me hantent nuit et jour, explosant en un kaléidoscope de couleurs, déclinaison de noir et de rouge, de violence et de cris. Les miens n'expriment que ma souffrance physique, celle de Nick, un anéantissement psychologique bien plus poignant. Et elle me tue à petit feu, cette blessure, quand je revis l'instant où il a pénétré dans la pièce et découvert que la fin du monde s'était abattue sur lui.

Je flotte dans des limbes sombres et étouffants, une sorte de réalité parallèle dans laquelle, parfois, je me complais. Mes efforts pour revenir dans ce couloir au bout duquel brille la lumière sont vains. Je ne parviens pas à avancer, ce malgré le chagrin, l'inquiétude et le désespoir que je lis dans les yeux de ma femme, marqués de cernes violets que son maquillage peine à masquer. Ou plutôt qu'elle ne cherche pas à camoufler. Suzie ne se déguise plus, ne se cache plus derrière ses airs guindés, ses vêtements, ses crèmes et ses fards. Elle vient à moi au naturel désormais et je sais que je devrais m'en alarmer. Pourtant, même pour elle, cet effort m'est impossible.

Suzie se penche et effleure mes lèvres. Je tressaille sous la caresse de ce baiser que je ne lui rends pas. J'aime ma femme plus que tout au monde, mais quelque chose est brisé en moi. Je ne supporte plus les contacts physiques, et encore moins le moindre geste d'affection. Je me sens sale et c'est comme si j'allais la souiller en retour. Je ne la mérite plus.

J'ai beau m'efforcer de contenir mes émotions, elle a perçu mon esquive. J'entraperçois une larme qu'elle va furtivement essuyer en me tournant le dos. Une fois de plus depuis cette tragique journée. Mais elle persévère malgré mes gestes de rejet, simplement parce qu'elle m'aime. Mais certainement aussi sur les conseils de notre ami psychiatre avec lequel nous avons, chacun à tour de rôle, des séances de thérapie, sans grand succès d'ailleurs. J'ignore si les effets sont bénéfiques pour ma femme et Nicolas. Mais une chose est certaine, les miennes n'aboutissent à rien et ne sont que du temps perdu, une demi-heure durant laquelle Bernard attend que je m'exprime et une semaine que je n'en fais toujours rien. Nous restons là à nous regarder en chiens de faïence. La douleur est déjà si intense que je ne souhaite pas revivre le sentiment de noyade ressenti quand j'ai été contraint de raconter les événements aux enquêteurs. Revivre mon viol est au-dessus de mes forces, c'est humiliant et particulièrement atroce tant la douleur est violente. Elle me transperce, bien plus intensément que ce que j'ai éprouvé sous les coups de couteau de mon agresseur.

Suzie me sourit. Elle vient de se recomposer un visage de façade, ne souhaitant pas me montrer combien mes rebuffades l'affectent. Elle se lance dans une discussion à sens unique, comme tous les jours depuis que je suis hospitalisé.

— Je suis passée voir Nicolas hier. Il ne répond pas aux coups de fil de Bruno et celui-ci était inquiet… Ton frère a appelé ce matin, il souhaite savoir quand tu quitteras l'hôpital, ta mère voudrait bien venir quelques jours. J'ai tenté au mieux de les dissuader… J'avais l'intention de passer voir Gabrielle avant de partir, tu viendrais avec moi ?

Oui, Suzie tente de faire comme si tout était plus ou moins normal. Que mon geste est déjà oublié. Mais je ne suis pas dupe, je ne la connais que trop bien. Elle est ma femme, ma moitié, mon tout, et je m'en veux de la faire souffrir. Elle ne le mérite pas, mais ma volonté me fait défaut en cet instant. Malgré ma conscience qui me sermonne, me traite de « connard fini », de « sombre crétin », je me replie dans un espace hors du temps, loin de ce monde réel. Suzie plie, mais ne rompt pas, tandis que moi, je fuis. Elle, elle se battra bec et ongles pour moi, avec moi si je le veux bien. La lueur dans son regard me le prouve, nul besoin qu'elle le dise à voix haute.

Je détourne les yeux alors qu'elle s'agite dans la chambre d'hôpital que je devrais quitter dans quelques heures. Je n'attends plus que l'aval du chirurgien. L'équipe médicale de Pompidou est très compétente et les infirmières sont aux petits soins pour leurs patients. Il semble que les plus jeunes se battent pour s'occuper de moi, sous le regard bienveillant de leurs aînées. C'est du moins ce dont s'est persuadé Rémy, mon collaborateur, qui me rend visite régulièrement. Je me demande quelles sont ses réelles motivations, nous ne sommes que de simples collègues de travail, relativement proches certes, mais pas intimes non plus. Ne vient-il pas plutôt pour mater les infirmières et tenter d'obtenir un rencard ?

— Elles en pincent pour toi, m'assure-t-il à chacune de ses visites.

Il prétend avoir surpris une conversation sur « le mec charmant de la chambre 403 ». Mais il n'a pu saisir la fin de la phrase, s'étant vautré contre une porte à trop dévisager Cindy, la brunette.

— Tu vois de qui je veux parler, hein ? Je me la ferais bien, celle-là, c'est une bombe. Mais c'est qui le con qui a choisi ces uniformes pantalons horribles ! Elles sont si sexy en blouse !

J'aurais pu répliquer que les infirmières ne portent plus ni blouses ni tenues prétendument sexy depuis des lustres. Il faut qu'il arrête de fantasmer. L'infirmière nue sous sa blouse n'est qu'un mythe. Quant au mec charmant ? Mes hématomes sont loin d'être résorbés et, entre plaies et bosses, je me vois plus en Quasimodo qu'en mec glamour qui ferait vibrer la gent féminine.

Mais mon attention est à des années-lumière de ces préoccupations. Je devine quelles sont ses intentions et Suzie l'encourage dans ces discussions futiles. Je le vois dans son sourire quand elle le regarde. Je suspecte même qu'elle apprécie sa présence qui met fin aux longs monologues auxquels elle essaie de m'inclure sans succès. Cependant, malgré mon désintérêt pour les conversations dans lesquelles Rémy tente désespérément de m'intégrer, tournant toutes autour de la ribambelle d'infirmières aussi séduisantes les unes que les autres — à croire qu'elles ont été recrutées sur ce critère, se plaît à répéter ce crétin de Rémy —, je sais qui est Cindy.

Car Cindy est mon infirmière préférée. Bien que je passe la plupart du temps dans mon monde, que je sois mutique, elle discourt toute seule durant mes soins. Ses mots sonnent justes, atteignent parfois mon cerveau embrumé, et quand je la regarde vraiment, elle me sourit. Elle a atteint son but, celui de me faire réagir. Cindy connaît mon dossier. Elle sait ce qui me ronge alors que je ne l'ai jamais exprimé de vive voix. Vingt ans à peine, tout juste diplômée, et l'on devine chez elle toute la passion qui l'anime, celle qui fera d'elle une soignante exceptionnelle. Mon irritabilité ou mon agressivité soudaine, mes accès de panique, rien ne l'effraie ni ne la perturbe. Elle est la seule à m'apaiser avec ses mots et non pas avec des médications agressives qui m'abrutissent.

— Bonjour, monsieur Chambard. Alors, vous nous quittez aujourd'hui ? Ah, excusez-moi, madame Chambard, je ne vous avais pas vue, poursuit Cindy à l'intention de Suzie qui sort de la salle de bain, ma trousse de toilette à la main. Je venais refaire votre pansement de sortie et vous aider à vous habiller.

— Merci, Cindy, mais je me débrouillerais pour l'habillage de mon mari. Je peux rester pendant que…

— Non ! m'écriai-je d'une voix rauque.

Les jeunes femmes sursautent et Cindy me dévisage, surprise par la véhémence de mon refus. Je n'ai pas ouvert la bouche depuis une semaine et le seul mot que je prononce claque comme une gifle. Mais je ne veux pas que Suzie me voie, atteint dans ma virilité physique en plus de psychologique. Je ne suis pas prêt. J'ai déjà dû affronter le regard des professionnelles de santé et j'ai pu lire la pitié dans les yeux de certaines, ce qui a provoqué des crises terribles de colère et d'angoisse. Cindy est la seule que je tolère pour la réfection de mes pansements. Toute l'équipe soignante l'a compris très vite, sans qu'aucune parole n'ait eu besoin d'être échangée. Cindy me regarde et fronce les sourcils, signe de son mécontentement. Je sais qu'elle apprécie énormément ma femme, qu'elle doit la trouver admirable — et elle n'a pas tort, elle l'est. Cindy a toujours des mots aimables, s'inquiète pour elle, l'incite à se ménager. Elle s'enquiert parfois de Gabrielle, ma filleule, actuellement en réanimation pédiatrique. Je l'ai même entendu demander des nouvelles du papa, Nico en l'occurrence, qu'elle a croisé le jour de notre arrivée aux urgences, alors qu'elle y faisait des heures supplémentaires, comme je l'appris plus tard. Cette gamine possède des qualités d'empathie incroyables et l'art et la manière d'apaiser les tensions.

— Je suis désolée, madame Chambard, ce n'est pas possible... vous savez... c'est le règlement, pas de famille pendant les soins. Même le dernier jour.

— Ça ne fait rien, Cindy. Ce n'est pas grave, intervient ma femme un sourire contraint aux lèvres.

A-t-elle compris mes motivations, perçu mes peurs et mes angoisses ? Sans nul doute. Suzie va-t-elle céder sans combattre ? Rien n'est moins sûr. Mes mains tremblent, je déglutis avec peine le nœud qui s'est formé dans ma gorge. Je me sens faible et démuni. Je ne veux pas qu'elle insiste, je crains que la gentille Cindy qui se cache derrière le règlement finisse par lui accorder une faveur à mon détriment. Mais cette jeune fille est plus subtile que je l'imaginais. Elle glisse un bras sous celui de ma femme et la pousse gentiment vers la sortie d'un geste ferme, familier et chaleureux à la fois.

Suzie se laisse accompagner jusqu'à la porte. Je ferme les yeux, soulagé. La tension était si forte que j'ai la migraine. Je ne sais pas comment je me serais sorti de ce guêpier, ne souhaitant pas repousser ma femme une fois de plus. Je les entends chuchoter, complices, et je me demande ce qu'elles peuvent se dire. J'ouvre les yeux quand j'entends la porte se refermer.

— Merci, chuchoté-je.

— De rien. Je comprends vos raisons, mais votre femme, elle est là pour vous aider. Et la pauvre, si ça continue, vous allez la ramasser à la petite cuillère. Elle ne va pas pouvoir tout mener de front longtemps. La petite Gabrielle, votre ami et vous, surtout vous, vous lui pompez toute son énergie. En êtes-vous conscients ? Je me demande qui sera là pour la relever quand elle tombera.

Je la regarde, hébété. Comment en sait-elle autant sur nous ? La petite me sourit, satisfaite de sa tirade subtilement moralisatrice.

— Bon, la balle est dans votre camp, monsieur Chambard. En attendant, voyons voir cette cicatrice. Hum, c'est joli, je pense que le mieux, c'est de ne plus mettre de pansement désormais.

Joli ? Ah, j'avais oublié comme les infirmières avaient leur propre vision des choses. Une d'elles avait tenu des propos identiques à Ludovic, après son accident de moto et cinq points de suture sur son mollet. Il en garde une cicatrice boursouflée, « jolie » aux dires de l'infirmière qui lui avait retiré les points.

Quant à moi, jolie cicatrice au pas, je ne suis pas prêt à ne plus avoir de pansement protecteur. Mais Cindy reste ferme, il va falloir que j'affronte mes blessures et particulièrement celle qui défigure mes attributs sexuels. Mais pas que…

Chapitre 26
Maudit karma

Suzie

Juillet 2012

Je suis plutôt cartésienne. Je ne crois pas en la rédemption, en Dieu ni au karma. Cependant, en ces heures sombres, je me demande si je ne suis pas maudite, si je ne suis pas sous l'emprise de la poupée vaudou de quelqu'un que j'aurais blessé à mon insu. Et je me dis même, parfois : fichu karma ! Quelle garce j'ai dû être dans mes vies antérieures pour vivre dans celle-ci autant de drames : la mort de mon jumeau, celle de mon amour de jeunesse, de ma petite fille, celle de ma meilleure amie et d'assister quotidiennement à la chute inexorable des seules personnes à qui je voue un amour incommensurable et réciproquement.

Nan ! C'est ta destinée, te dirait Eve.

Je me passerais bien de ce destin et de cette vie semée d'embûches, toutes plus difficiles à traverser les unes que les autres. Est-ce que je mérite de souffrir autant ? Et dans quel but ? Ma vie n'est qu'une avalanche de catastrophes qui entraîne les hommes que j'aime avec elle. Je suis responsable par relation de cause à effet.

Certains prétendent que chacun est maître de son destin. Eh bien pour l'instant, je ne contrôle rien, malgré tous mes efforts et ma volonté farouche à trouver la bonne porte, celle s'ouvrant sur le chemin lumineux du bonheur.

Non, pour l'instant, chaque couloir emprunté est plus inquiétant que le précèdent. Mes journées sont peuplées de cauchemars, de cris, de colère, de révolte et de terreur. Les miens et ceux de Robert qui, désormais, dort dans la chambre d'amis afin de préserver la qualité de mon sommeil. C'est la raison invoquée et elle est vraie pour une grande part, mais pas seulement. Ma présence à ses côtés ne fait qu'aggraver ses crises d'angoisse et le rend malheureux.

La première nuit de son retour à la maison, je m'étais lovée dans ses bras, comme à notre habitude, une de mes jambes sur les siennes, ma tête nichée dans le creux de son cou, ma main sur son ventre. Je l'avais surpris, m'installant comme de coutume alors qu'épuisé, il s'était endormi tandis que je vaquais à ma toilette. Le réveil avait été effroyable. Pris d'un accès de panique, se sentant entravé, Robert s'était débattu et m'avait repoussée sans ménagement. Effarée, je m'étais levée précipitamment et l'avais regardé batailler, s'emmêlant dans les draps, hurlant, pleurant, le front moite, empêtré dans des réminiscences de ce jour tragique.

Bernard m'avait bien mise en garde. Cependant, je n'imaginais pas une seconde une telle scène. Le plus atroce était ce que j'avais lu dans le regard qu'il avait porté sur moi, réalisant qu'il m'avait une fois de plus repoussée. Je ne comptais même plus ses rebuffades, parfois imperceptibles tant il s'appliquait à se contrôler. Mais celle-ci m'avait déstabilisée tant je l'avais découvert fragile, démuni, misérable et implorant.

Il m'avait tendu la main. Je l'avais saisie et m'étais installée au bord du lit, me satisfaisant de ce pas vers moi, de cette pression sur mes doigts alors que je n'aspirais qu'à le serrer sur mon cœur, à l'embrasser, à fusionner avec lui pour lui transmettre la force de mon amour. Je m'étais contentée d'un « dors, mon cœur, je veille sur toi ».

J'avais passé le reste de ma nuit à le regarder s'agiter dans un sommeil peu réparateur malgré la prise d'un anxiolytique.

Au bout de plusieurs semaines d'insomnies et de journées épuisantes à courir entre visites à Gabrielle et à Nicolas, que je trouvais, le plus souvent, abruti par les tranquillisants qu'il associait bien dangereusement à l'alcool — au point que je m'inquiétais pour sa vie —, je n'étais plus que l'ombre de moi-même. Même mon père s'en était alarmé et en avait fait la remarque lors de l'une de ses visites dont, étonnamment, il nous honorait en ces dramatiques circonstances.

— Tu t'es regardée dans une glace dernièrement, ma fille ? Apparemment non ! Combien de kilos as-tu perdus, dix ? Il serait peut-être temps, Robert, que Suzie prenne soin de sa santé qu'elle est en train de perdre à trop s'occuper de celle des autres.

— Ça n'a rien à voir, m'étais-je défendue. Je ne dors pas bien la nuit, c'est tout. Et je n'ai pas beaucoup d'appétit, il est vrai. Et pour ta gouverne, je n'ai perdu que deux kilos. J'ai la taille mannequin maintenant, avais-je ajouté pour dédramatiser la situation. Pour le reste, que ça te plaise ou non, je te rappelle que Nicolas a toujours été là pour moi, je ne vais pas l'abandonner, même si je dois y laisser quelques plumes. Je... j'ai peur qu'il fasse une bêtise.

Mon père avait fait la grimace, ma mère s'était agitée sur sa chaise et Robert s'était levé d'un bond, nous quittant sans un mot. Je l'avais retrouvé fourrageant dans le vide-poche de la console dans le hall d'entrée.

— Qu'est-ce que tu fais ? m'étais-je inquiétée.

— Les clés de la voiture, donne-moi les clés de la voiture.

Je n'avais pas entendu le son de sa voix depuis sa sortie de l'hôpital, quand il avait exprimé son refus de me voir assister à la réfection de son pansement. Son attitude soudaine m'avait déstabilisée. Il m'avait habituée à un comportement apathique, à du détachement pour ce qu'il se passait autour de lui. Il me semblait même qu'il se désintéressait des conversations que j'entretenais avec lui et qui tournaient invariablement à de longs monologues.

— Donne-moi ces putains de clés ! s'était-il impatienté.

— Pour quoi faire ?

— Suzie ! avait-il grondé.

Quelle ne fut pas ma surprise de réaliser que ma réflexion sur le comportement suicidaire de Nico venait de l'atteindre.

Et ce fut la crainte que son meilleur ami porte atteinte à ses jours qui le fit sortir de sa léthargie. Je ne l'avais pas retenu, ni posé aucune question à son retour. J'avais constaté que quelque chose avait changé dans son attitude. Il avait désormais un but qui lui permettrait d'avancer. Je ne lui en avais pas voulu d'avoir choisi celui-là pour remonter à la surface plutôt que s'évertuer à reconstruire notre couple. Je savais qu'il m'aimait et je n'avais aucun doute sur l'intensité de ses sentiments. Je me le répétais comme un mantra : *il faut le temps au temps, un jour viendra, il doit cheminer à son rythme pour que les blessures cicatrisent.* Bernard m'ayant clairement expliqué toutes ces étapes de reconstruction, il me fallait faire preuve de patience.

À son retour, Robert avait décrété qu'il dormirait dans la chambre d'amis afin que je puisse récupérer, que je m'occuperais de Gabrielle et lui de Nicolas, en attendant que ce dernier prenne le relais. J'avais acquiescé sans discuter, pas mécontente de ce pas en avant.

Tout n'est pas réglé pour autant. Les cauchemars persistent et chaque tentative avortée de reprendre une vie sexuelle le mine. Sa souffrance est aussi poignante que la mienne, car je le sais malheureux d'échouer jour après jour à m'aimer physiquement.

Je suis désemparée, désespérée de parvenir à le libérer de ses chaînes. Chaque jour est une bataille perdue d'avance, pour l'instant, mais je m'obstine. Je l'aime plus que ma vie. Mon expérience passée m'a endurcie, je ne baisserais jamais les bras. Je ne le perdrais pas comme j'ai perdu Andrew. Et ne dit-on pas que l'amour guérit de tout ?

Le moindre pas qu'il fait vers moi, la moindre caresse qu'il m'autorise, bien qu'il lui en coûte, m'encourage et me conforte dans ma certitude : notre amour sortira grandi de nos épreuves. Il est notre force vitale contre l'adversité.

Chapitre 27
Mauvaise journée

Nicolas

J'ignore comment Robert s'y est pris pour me faire réagir, mais force est de constater que depuis sa visite inattendue, j'ai repris ma vie en main.

Terminé l'alcool, les anxiolytiques qui m'abrutissent, ne calmant ma douleur que temporairement. Ces traitements ne sont pas efficaces sur le long terme, ils m'ont juste permis de survivre à l'enterrement d'Eve, sans quoi j'aurais certainement commis l'irréparable.

J'ai vécu cette cérémonie avec le sentiment d'être un simple spectateur, tandis que Suzie gérait la situation d'une main de fer malgré son chagrin. Alors qu'Eve et moi n'avions plus aucune famille, une foule d'anonymes et d'amis était venue lui rendre un dernier hommage. Seul Robert, toujours hospitalisé, manquait à l'appel. J'avais reconnu parmi la foule quelques personnes que j'avais accompagnées durant leur propre drame, des voisins, les commerçants de mon quartier, nos collègues de travail.

Bruno et son épouse me soutenaient, tandis que Clémence veillait sur une Suzie chancelante alors que je me penchais pour voir le cercueil de ma femme disparaître dans ce trou sombre, elle qui aimait tant la lumière.

J'avais abandonné aussi, en accord avec Bernard, les séances de psychothérapie qui s'avéraient stériles, me plongeant davantage dans un désarroi incommensurable. Je réalisais que j'avais dépassé le stade de l'envie de mourir, et la colère me poussait en avant. Je devais retrouver les salopards qui avaient détruit nos vies en m'enlevant la seule personne qui comptait pour moi plus que tout. Désormais, Gabrielle venait en tête suivie de Suzie et Robert, comme toujours.

C'est à ma vengeance que je songe tandis que nous retrouvons avec Bruno devant nos bureaux désertés. Moi, particulièrement furieux de découvrir nos efforts réduits à néant — une fois de plus, les deux acolytes responsables de la mort de ma femme et de l'agression de Robert viennent de nous échapper —, lui, heureux de retrouver son foyer. Je sais qu'il se désespère de mon manque d'entrain quotidien à rentrer chez moi, mais j'ai d'excellentes raisons de fuir cette maison vide. Il me rattrape au pied des escaliers que j'ai dévalé quatre à quatre, affligé

— On les aura, ne t'inquiète pas. C'est la priorité de la brigade et pas un flic à Paris ne se promène sans avoir sur lui le portrait-robot qu'a fait Robert.

Je ne doute pas de la diligence de mes confrères dans cette affaire. Mais je m'impatiente de la voir aboutir. Je désire surtout un tête-à-tête avec ces monstres et espère être le premier sur les lieux le jour où nous les coincerons. Il est hors de question que ces pourris aillent en prison, une bien trop douce sanction à mes yeux. J'ai beau savoir, depuis la lecture du rapport d'autopsie, que ma femme n'a pas été violée, je veux qu'ils meurent… de ma main. Je veux leur ôter la vie, comme ils ont pris la sienne, quitte à enfreindre la loi. Ce que je garde pour moi afin de ne pas me voir évincé de l'enquête à laquelle je ne suis pas censé participer en raison de mon implication personnelle.

— Je n'en doute pas. Mais déjà six mois qu'ils sont dans la nature… J'ai hâte que justice soit faite, nous en avons besoin pour avancer.

Sauf que je sais pertinemment que le vide laissé par Eve persistera et qu'il me faudra en faire mon deuil. Je ne suis pas persuadé en avoir envie… Je ne peux pas et je ne veux pas que les images de ma vie passée avec ma femme s'estompent et finissent par ne devenir qu'un doux souvenir teinté de nostalgie.

Pour l'instant, ma douleur, quand je pense à Eve, est si violente qu'elle me plie en deux, me coupe le souffle et fait trembler mes mains. Je la redoute et la réclame. Je l'ai apaisée avec des traitements qui ne me conviennent pas. J'ai besoin de toute ma lucidité pour accomplir ma mission.

Bruno me tape sur l'épaule et m'abandonne sur le trottoir. Je le sais soulagé et content de pouvoir enfin rentrer chez lui. Sa femme et ses enfants l'attendent. Je devrais être chanceux qu'il s'inquiète pour moi, qu'il s'obstine à rester au bureau jusqu'à ce que je me décide à réintégrer mon foyer déserté. Mais Bruno m'étouffe de sa sollicitude. Je m'efforce de lui sourire.

— Merci, mec, pour tout.

— Ben, c'est à ça que servent les potes, non ? Je suis heureux que tu sois de retour. Tu vas voir, tu vas t'en remettre, et plus vite que tu le crois.

J'ai une furieuse envie de lui coller une beigne pour ces dernières paroles. Mais la maladresse de Bruno est notoire, je serre les poings pour contenir la colère qui me gagne.

Arrivé chez moi, je jette mes clés sur la console de l'entrée. Je suis tenté de me servir un whisky bien tassé qui en appellera un autre. Ce soir, j'en ai besoin pour calmer cette douleur qui me taraude depuis les paroles maladroites de Bruno. Je cède donc à l'attrait d'un moment de sérénité et m'enivre avec tout ce qui me tombe sous la main. Vautré sur le canapé, je trinque à ma vie merdique avec Eve face à moi qui me contemple, souriante sur cette photo de vacances où je la tiens enlacée. Pourtant, c'est un regard désapprobateur que je perçois et une rage dévastatrice m'envahit. J'envoie valser le cadre à coups de verre, de bouteilles et autres objets, brisant ainsi les bibelots survivants du massacre passé. Mais ça ne suffit pas à calmer ma colère et ma souffrance. Je renverse mon nouveau fauteuil, fais valdinguer la table basse, mets en miettes notre album photo qui ne quitte plus mon canapé et que je feuillette nuit après nuit, m'imprégnant des images de ma femme.

Épuisé, je m'effondre sur le sol couvert de débris quand la sonnette retentit. Je consulte ma montre, surpris par une visite à cette heure. Il est, presque minuit. Qui que ce soit, je ne veux pas le voir. J'ignore l'appel retentissant et insistant du carillon. Le visiteur finira bien par se lasser et partir. Je reste donc assis au sol, la tête appuyée contre l'assise de mon divan, les yeux clos, la migraine s'amplifiant sous les appels incessants de la sonnette. Furieux de l'insistance de mon harceleur, je me lève alors qu'un bip m'annonce un message sur mon téléphone. Suzie ! Que veut-elle ? J'ouvre si violemment la porte, des propos incendiaires en tête en consultant le texto de mon amie, que la personne qui s'y tient appuyée me tombe dans les bras. Muet de surprise, je découvre Suzie.

Elle est en larmes, échevelée, affublée d'un trench-coat sur ce qui semble être un pyjama. Une marque rouge sur sa pommette attire mon attention, je suis dégrisé en une seconde. Je la serre contre moi, lui caresse les cheveux et tente de la calmer.

— Chut, mon cœur, calme-toi.

Je l'entraîne vers le salon et la fais asseoir sur le canapé, repoussant les photos déchirées. Elle reste un instant blottie dans mes bras, jusqu'à ce que sa crise de sanglots s'estompe. Puis elle se reprend, essuie ses dernières larmes.

— Je suis désolée, mais je ne pouvais pas rester à la maison. C'est trop dur cette fois-ci. Robert… s'est enfermé dans la salle de bains, refuse de me parler… Et me voilà.

— Il t'a frappé ? m'inquiété-je en passant mon pouce sur sa joue rougie.

— Non, c'est un accident. Il n'a pas fait exprès, c'est juste un geste malencontreux, mais ça l'a rendu fou. Il ne veut plus s'approcher de moi, il ne veut plus que je vienne le calmer pendant ses cauchemars. Pourtant, ce soir, j'étais parvenue à le rassurer, il m'a laissé le caresser et faisait de même. J'étais tout émoustillée, lui aussi, il a même eu une érection, la première depuis six mois ! Je pensais avoir gagné la partie. Et je me suis laissée à prendre les choses en main, dans tous les sens du terme, et... il a disjoncté. Il s'est débattu et m'a heurté au visage. Quand il a réalisé qu'il m'avait frappée, il m'a repoussée et s'est enfermé dans la salle de bains. Je l'entendais pleurer à travers la porte. Malgré mes suppliques pour qu'il me laisse entrer et mes tentatives pour le convaincre que ce n'était rien, il n'a rien voulu savoir, et je suis là. Je ne savais plus quoi faire.

Après sa tirade, elle regarde autour d'elle et fronce les sourcils, ramasse une photo de nous quatre qui a échappé à ma rage dévastatrice et lève vers moi un regard étonné.

— Pourquoi ?

— C'est trop insupportable de les regarder. Et j'ai l'impression qu'Eve réprouve mes excès, ajouté-je en montrant du menton les bouteilles vides qui jonchent le sol. Son absence est si intolérable. C'est comme si l'on m'enfonçait un poignard dans le ventre et qu'un étau me broyait le cœur. Ce soir, j'avais besoin de faire disparaître ses sensations avec ce que j'avais sous la main.

— Tu avais promis que tu ne replongerais pas, tu disais que ce n'était pas efficace...

— Et ça ne l'est pas, confirmé-je en me blottissant à mon tour dans ses bras, au bord des larmes. Suzie, j'ai si mal, j'ai tant besoin que quelque chose ou quelqu'un mette un terme à cette souffrance qui me déchire.

Suzie me serre davantage contre elle, me caressant le dos en signe de réconfort, ses mains sous mon t-shirt. Je sens ses seins contre mon torse maintenant qu'elle a retiré son trench-coat. Je perçois la chaleur de son souffle sur mon cou tandis qu'elle me murmure des paroles apaisantes et je suis pris d'une pulsion soudaine. Je veux me perdre en elle, violemment, ce soir, juste ce soir.

Elle et moi avons déjà couché ensemble. Qui de l'un ou de l'autre a été l'instigateur de cette première fois pour tous les deux, je ne m'en souviens pas. Elle, sûrement.

Mais cette fois est tout autre, nos ébats sont loin de ressembler à ceux des jeunes ados que nous étions, gauches et hésitants. Ils sont brusques, fébriles, rapides et sauvages, et nous satisfont tous les deux, en manque de sexe depuis trop longtemps. La tendresse n'y est pas de mise. Nous baisons pour assouvir un besoin inexpliqué et primaire qui nous laisse épuisés et apaisés, à notre grand étonnement.

Le soleil filtrant à travers les volets vient nous surprendre au petit matin, bras et jambes emmêlés, toujours nus.

Le bien-être éprouvé après cet interlude sexuel me déconcerte et je me demande si je ne viens pas de trouver un remède efficace à mes tourments. Il me faudra renouveler l'expérience pour en avoir la certitude. Mais pas avec Suzie. Nous allons devoir oublier bien vite ce dérapage. Je trouverais d'autres partenaires aisément. Il ne manque pas de nanas qui voudront bien de moi pour une nuit sans engagement, avec juste la promesse de les faire grimper au rideau. J'en connais déjà plusieurs qui m'avaient fait des avances et qui n'ont pas froid aux yeux ; me savoir à l'époque marié ne les avait pas rebutées.

Chapitre 28
Un an déjà

Robert

Janvier 2013

Certaines dates marquent votre esprit à jamais. Souvent elles sont inoubliables, car empreintes de douceur, de rires, de joies. Mais d'autres vous renvoient à des souvenirs tristes, voire douloureux.

C'est le cas aujourd'hui. Gabrielle fête son premier anniversaire. C'est assez déroutant, disent poliment certaines de nos relations, que cet événement soit associé à la mort de sa mère. C'est un euphémisme ! À mon sens, c'est complètement inconvenant de faire la fête le jour commémorant la mort de sa mère. Et je comprends désormais pourquoi certaines personnes détestent célébrer cette journée. Peut-on être joyeux en de telles circonstances qui rappellent année après année l'absence de votre mère avec qui vous auriez partagé un moment si précieux ? Meg abhorre cette journée depuis que la sienne est décédée alors qu'elle n'avait que dix ans. Je n'ose donc imaginer ce que l'on peut ressentir quand votre arrivée sur terre coïncide avec la disparition de la personne qui vous a donné la vie.

Cependant, Gabrielle n'en sera jamais perturbée. Il faudrait pour cela qu'elle puisse être en capacité de penser, d'interagir avec autrui, d'éprouver des sentiments. En fait, j'ignore ce qu'il se passe dans sa tête, et quelqu'un le peut-il d'ailleurs ? Le cerveau reste l'ordinateur le plus complexe et énigmatique qui soit.

Quoi qu'il en soit, malgré toutes les thérapies mises en œuvre par les soignants, force est de constater que ma filleule vit dans un monde qui lui est propre. Souffre-t-elle ? Physiquement, j'en ai la conviction. Ses atteintes neurologiques sont innombrables. Nicolas a beau s'être efforcé de mettre en place cette méthode développée outre Atlantique, le *patterning*, par l'intermédiaire de l'association « Revivre », les résultats sont médiocres. L'obstination de Nico commence à faiblir. À vrai dire, il est épuisé, et je suis parvenu à le convaincre de placer Gabrielle dans une institution spécialisée.

À défaut de fêter l'anniversaire de Gabrielle, c'est Eve que nous allons célébrer comme elle l'aurait voulu. Une idée de Suzie dont l'énergie débordante et l'investissement constant dans nos vies ne faiblissent pas.

Je la soupçonne d'avoir trouvé un dérivatif pour apaiser ses tourments en la personne d'un amant qui comble son appétit sexuel auquel je suis toujours incapable de répondre. Cependant, j'avoue progresser pas à pas et sa présence physique est désormais tolérable, voire indispensable et rassurante. Notre relation est désormais empreinte de tendresse dans nos gestes et nos regards, mais dans le sien, je lis souvent le désir qu'elle éprouve pour moi — un désir réciproque. C'est d'ailleurs dans ces moments-là qu'elle disparaît quelques heures pour assouvir ce besoin qu'elle a de moi avec son amant de substitution.

J'ai quelques doutes sur son identité. C'est ce que je veux croire, que ce ne sont que des doutes. En réalité, c'est presque une certitude. Car même si je ne les ai pas surpris, je le sais en mon for intérieur et certains comportements ne trompent pas. Je devrais lui refaire le portrait pour ça, ce que je fais, parfois. Depuis que je pratique la boxe thaïe, nous participons conjointement à quelques combats, et il m'arrive d'avoir la main lourde, surtout quand Suzie et lui affichent un sourire béat et que je suis furieux après moi. Car je suis responsable du fiasco de notre vie conjugale. Mais ça fait du bien au moral de le clouer au sol et de savoir que j'ai une emprise physique sur lui ; je peux lui casser la gueule quand je veux. D'ailleurs, je suis persuadé que cette andouille, auquel je tiens comme à la prunelle de mes yeux, se laisserait faire sans réagir. Car l'amant en titre de Suzie n'est autre que mon meilleur ami, Nicolas. D'une certaine manière, j'avoue que cela me rassure. Je préfère la savoir avec lui qu'avec un étranger dont elle pourrait tomber amoureuse. Ce serait le drame de ma vie, car elle risquerait de me quitter. La probabilité qu'elle s'entiche de Nico est égale à zéro. Puis-je le dire avec certitude ? Je veux croire que leur entente, leur mal-être commun, ne les rapprocheront pas à ce point.

Nous voilà donc réunis dans un des restos préférés d'Eve, à trinquer en nous efforçant de suivre ses préceptes et d'avancer comme elle nous l'aurait suggéré.

— La vie, c'est devant toi, déclame Suzie tandis que Nico poursuit :

— Ressasser le passé ne sert à rien.

— La vie, c'est ici et maintenant, conclus-je.

Oui, bon, plus facile à dire qu'à mettre en application. Son absence et les circonstances de sa disparition sont trop présentes et trop douloureuses dans notre esprit pour les occulter. Je perçois le malaise de Nico qui se contient de tout envoyer bouler. Une serveuse très séduisante tente d'attirer son attention. Elle ferait un très bon dérivatif. Je me penche et lui murmure à l'oreille un autre conseil qu'Eve m'avait soufflé quand Clémence m'avait quitté, espérant détendre l'atmosphère devenue étouffante.

— Elle ajouterait : « Et va tirer un coup avec la première nana croisée sur le palier. »

Nico lève les yeux vers la jeune femme et un petit sourire en coin vient creuser sa fossette, celle qui fait toujours craquer les filles. Il lui effleure les doigts d'un mouvement imperceptible tandis qu'elle lui tend la carte tout en plongeant de manière éhontée son regard dans son décolleté. La serveuse ne peut l'ignorer et le rouge lui monte aux joues. Suzie sourit et enfonce le clou.

— J'ai comme la nette impression que c'est vous que mon ami souhaiterait voir au menu.

La jeune femme rougit de plus belle et tente de s'enfuir. Elle doit nous prendre pour une bande de pervers, mais Suzie la retient par le poignet.

— Allons, ne faites pas celle qui n'est pas intéressée, j'ai bien vu les œillades que vous lui lancez depuis notre arrivée. Assumez, ma chère, on ne vit plus au siècle dernier. Portons un toast !

Elle lève son verre et Nicolas et moi faisons de même, entrechoquant nos verres comme il se doit.

— Comme dirait Eve : « À l'instant présent. » Allez, prenez son numéro et faites-vous plaisir. Je vous garantis que vous ne le regretterez pas.

Je fronce les sourcils ; ces propos semblent confirmer mes craintes. Mais Suzie poursuit devant notre étonnement à tous.

— Eh ben quoi ? Ce n'est un secret pour personne. Tout le monde le sait que c'est un bon coup. Toutes mes amies s'en sont vantées, et je ne parle pas de ses nouvelles conquêtes.

Nicolas éclate de rire. Suzie s'est bien rattrapée, néanmoins mes doutes persistent. Mais je ne suis pas certain que cette fille de vingt ans, tout au plus, soit assez délurée pour notre ami. Cependant, elle accepte le papier sur lequel ce dernier vient de griffonner son numéro de téléphone.

— OK, Nick, je vais réfléchir à votre proposition.

Nick, puisque c'est ainsi qu'il se fait appeler désormais en dehors de notre cercle d'amis, se fait enjôleur et dépose un baiser dans la paume de la main de la jeune fille avant qu'elle ne nous abandonne.

— Tu n'as pas perdu la main, dis donc !

— Hmm, hmm, murmure Nicolas qui reluque les fesses de sa future « proie ». Elle a tout ce qu'il faut là où il faut. Un beau petit cul…

— Bon, ça va, on a compris, l'interrompt Suzie.

— Je ne suis pas convaincu qu'elle accepte un rencard.

Nicolas détourne le regard de l'objet de sa convoitise pour le porter sur moi, étonné par ma réflexion.

— Ah bon, tu viens pourtant de dire que je n'ai pas perdu la main ?

— Certes, mais c'est une gamine, je crains fort que cette approche un peu trop abrupte ne l'ait refroidie. De plus, elle serait plutôt du genre à chercher une relation suivie.

Nicolas hausse les épaules.

— Bah, tant pis pour elle. Elle ne sait pas ce qu'elle perd. Et ce n'est pas grave, les nanas à la recherche de *one shot* ne manquent pas. Sont arrivées au commissariat deux petites stagiaires qui n'ont pas froid aux yeux et qui me font un rentre-dedans pas possible. Bruno m'incite à me les faire. Je crois qu'il fantasme en m'imaginant dans une partie à trois. Une expérience à tenter peut-être.

Je souris en songeant aux élucubrations de Bruno. Une chose est certaine, si Nico entretient de nombreuses liaisons sans lendemain, pas prêt à s'impliquer dans une relation sérieuse, je suis rassuré. Je préfère de beaucoup cette appétence sexuelle plutôt que celle, plus addictive et dangereuse, pour l'alcool, comme ce fut un temps.

Nicolas se lève en s'excusant, m'adressant un clin d'œil et se dirigeant prétendument vers les toilettes. Je présume qu'il veut convaincre la jeune serveuse d'accepter un rendez-vous. Quelques secondes plus tard, Suzie prend le même chemin.

Je soupire, suspectant qu'elle va le rejoindre, augmentant mes soupçons.

Ils reviennent un petit quart d'heure plus tard, à quelques minutes d'intervalle. Je pourrais leur faire une réflexion du genre : « vous vous êtes perdus en cuisine ? » ou « on vous a embauché pour faire la plonge ? » pour marquer leur absence prolongée, car je ne suis pas dupe. Ils ont cette tête post-baise et ce sourire béat que j'ai envie d'effacer de leurs visages en les mettant au pied du mur. Mais je n'en fais rien. Je fais mine de me passionner pour la lecture de mes mails et de n'avoir pas vu le temps passer. Car, au final, je suis le seul coupable.

Chapitre 29
Un semblant de normalité

Suzie

Une certaine routine s'est installée entre nous. Nous formons un trio insolite et j'imagine que notre curieux mode de fonctionnement en choquerait plus d'un, s'il était découvert. Mais il est vital pour notre groupe, pour notre santé mentale. Aussi curieux que cela puisse paraître, « notre immoralité », car je suis persuadée que c'est ainsi que serait qualifié notre comportement, nous permet d'atteindre une certaine sérénité. Et c'est plus important que tout ! J'ignore tous les jugements de valeur que l'on pourrait porter sur nous, plus particulièrement sur moi et Nick.

D'une certaine manière, Nick m'a sauvée de moi-même. Avec mes antécédents, mon passé chaotique, ma tendance autodestructrice, il m'a empêchée de me précipiter sur tous les mecs qui auraient pu combler ce vide, ce mal-être physique et psychologique que Robert m'inflige malgré lui.

Quant à moi, eh bien, je pallie les siens. Cependant, je ne lui suffis pas. Le sexe est devenu une drogue pour Nick, en remplacement des anxiolytiques et de l'alcool, quand sa douleur le broie au point de l'empêcher de respirer et qu'il a besoin d'un dérivatif immédiat pour l'endormir. Car la bête qui sommeille en lui se réveille à des moments les plus inattendus. Il suffit de peu de choses : une femme qui sourit à son mari, à son enfant, des rires, une silhouette qui lui rappelle Eve. Je le sais pour avoir assisté à une de ses crises. Elle m'a bouleversée. Ses mains tremblent, il peine à respirer et reste statique sur place, en proie à une douleur poignante qu'il a du mal à décrire.

Mais aujourd'hui, Nick semble aller mieux. Il a pris goût, je crois, à ce jeu de drague et ses parties de jambes en l'air. Je m'en amuse, car aucune fille ne lui résiste. Comment le pourraient-elles ? Il est si sexy ! Sa pratique intensive du sport n'a fait que sculpter davantage son corps déjà parfait. Il en est de même pour mon adorable mari. Ce dernier, après avoir suivi des cours d'autodéfense auxquels il m'a contraint de participer — pour mon bien, a-t-il insisté —, est désormais particulièrement remarqué pour son talent dans certains sports de combat que je n'apprécie pas outre mesure. Mais lui et Nick semblent trouver ça divertissant de se taper sur la figure. Robert met souvent à terre notre ami et y prend un certain plaisir.

Aujourd'hui, nous sommes installés sur le bord du trottoir qui fait office de terrasse au *Café des Anges*, sirotant moi un Mojito, lui une de ses boissons préférées, un Old Fashion. Le soleil brille et l'air est doux pour une fin septembre. Nous venons de jouer à un de nos petits jeux pervers, quelques heures plus tôt, devant un des inspecteurs de sa brigade qui le jalouse pour Dieu sait quelle raison. Je dois passer pour une garce, et j'avoue que j'aime assez ce titre, bien moins réducteur que celui de « la brave fille ». C'était particulièrement cocasse de le voir fuir pour s'enfermer dans les toilettes, pour « se branler » avais-je suggéré assez fort pour qu'il l'entende.

— Je crois qu'il va me détester encore plus, maintenant. Et il va s'imaginer que toi et moi...

— Parce que c'est faux, peut-être ? m'esclaffé-je en songeant au tour que je lui ai joué.

Nick soupire.

— Suzie ! Tu sais très bien ce que je veux dire.

— Évidemment. Mais c'était très... drôle et... jouissif.

— Tu es une garce, tu le sais ?

— Ouiiiiii, et j'assume.

— Tu n'étais pas tentée de le rejoindre, quand même ? Parce que j'ai bien cru, pendant une seconde, que ton plan allait au-delà de ce que nous avions concocté.

— À vrai dire, j'ai eu très envie de pousser le bouchon un peu plus loin. Mais réflexion faite, je veux bien passer pour une garce, mais pas pour une salope, surtout dans ton petit univers dans lequel gravitent quelques personnes auxquelles je tiens. Et je ne vais tout de même pas ternir ma réputation pour un connard pareil.

— Des personnes auxquelles tu tiens ? Dans mon équipe ?

Je le regarde à travers mes lunettes fumées qui lui cachent mon regard joueur. Je m'amuse vraiment à le taquiner. Nick a un côté macho et protecteur, et je sais qu'il se demande si un de ses gars ne m'a pas tapé dans l'œil.

— Est-ce que tu aurais jeté ton dévolu sur une des nouvelles recrues ? me demande-t-il le plus sérieusement du monde.

Je glousse. Peut-être songe-t-il à Stéphane le petit nouveau qui fait tourner la tête des inspectrices.

— Qui sait.

— Suzie, gronde-t-il. Notre accord, tacite, j'en conviens…

Je le laisse s'embourber dans sa tirade moralisatrice qu'il va immanquablement me débiter, tandis qu'il poursuit :

— … n'inclut pas que tu… Ce qui se passe entre nous…

— OK ! le coupé-je. Et pourquoi ne pourrais-je pas me taper d'autres mecs que toi ? Tu ne te contentes pas que de moi, que je sache ! D'ailleurs, pour ta gouverne, plan cul pour toi à quatre heures sur la terrasse en face. Mais tu regarderas plus tard, elle ne va pas s'enfuir, elle évalue ses chances !

Il blêmit et je jubile. Il y a trop longtemps que je ne me suis pas amusée de la sorte. J'adore le provoquer. Et je sais déjà ce qu'il va me rétorquer. Mais le jeu a assez duré, et je décide de le rassurer et de le laisser passer à autre chose. À cette petite bombe qui le reluque malgré ma présence à ses côtés, pour commencer.

— Calme-toi, je plaisantais.

— Suzie, c'est loin d'être drôle. Toi et moi, c'est déjà assez perturbant… Et vis-à-vis de Robert…

— Certes ! Je te le concède. Et bien que nous ayons admis que cette fois-là était une erreur, et que ce dérapage ne se répéterait pas, eh bien notre relation perdure parce que nous y trouvons notre compte. Je ne comprends que très bien ce besoin de t'évader, cette sensation de bien-être que te procure le sexe. Les études le prouvent, c'est le meilleur antistress et antalgique qui existe !

— D'où tu sors tout ça ?

— Eh bien, mon cher, certains sujets m'intéressent plus que d'autres ! Et je ne cite là que certains des bienfaits sur notre santé mis en évidence par des chercheurs. Ton instinct primitif ne s'y est pas trompé, tu as fait le bon choix thérapeutique.

— Mouais, si tu le dis. Mais toi et moi… il faudrait peut-être que…

Je me penche vers lui et lui caresse la joue. Je sais que notre relation le mine. Son amitié pour Robert affecte ses émotions et, de ce fait, il souhaiterait mettre un terme à nos cinq à sept torrides. Mais il n'en fera rien. Il pourrait. Il n'a pas autant besoin de moi, que moi de lui. C'est un soleil autour duquel gravitent des étoiles, il n'a qu'à tendre la main pour les attraper. Ce qu'il fait. Souvent. Quant à moi, ce n'est pas que j'aurais du mal à trouver des partenaires, je n'en ai jamais eu. Cependant, je n'ai plus envie de me perdre dans les bras d'inconnus. Néanmoins, si Nick, comme il souhaite qu'on le nomme désormais — et je sais bien pourquoi —, m'abandonnait, je serais, à mon tour, contrainte de chercher ailleurs l'apaisement nécessaire à mon bien-être. Mais pour l'heure, Nick me satisfait et, avec lui, je n'ai pas le sentiment de tromper Robert.

— Nous sommes *sexfriends*, Nick ! Juste des *sexfriends*. Tu sais que j'ai besoin de ces baises pour tenir le coup, alors je t'en prie, ne m'abandonne pas !

Est-ce une supplique ou du chantage ? Je ne saurais le dire. Peut-être un peu des deux.

Il soupire. Je recule sur ma chaise, récupère mon sac, me lève, l'embrasse furtivement sur la joue et traverse la rue, le laissant pantois. Arrivée de l'autre côté, je m'assieds sur la chaise vide près de la fille qui n'a cessé de le lorgner pendant notre échange. Je fais un petit signe de la main à Nick qui nous regarde en fronçant les sourcils, tandis que ma voisine me demande ce que je fiche là.

— Eh bien, ma chère, je viens de vous organiser un rencard. Le mec, là en face, il est dispo. On vient de rompre. Alors c'est où et quand vous voulez !

— Je… Mais ça va pas ! Vous êtes timbrée !

— Oh, je vous en prie ! Arrêtez votre cinéma ! J'ai bien vu votre manège avec votre copine. Elle est où d'ailleurs ? Il ne serait peut-être pas contre un plan à trois ! Ce mec, c'est une bombe au pieu ! Par contre, si vous rêvez de relations sérieuses, passez votre tour. Ce n'est pas sa tasse de thé les nanas avec des projets sur le long terme. C'est pour ça qu'il m'a jetée d'ailleurs. Il me trouvait trop… collante.

Elle me regarde, bouche bée, observe autour d'elle, cherchant je ne sais quoi. Puis elle me demande si ce n'est pas une caméra cachée, pensant à un tour que lui auraient joué ses copines.

J'éclate de rire. Nick nous observe de l'autre côté de la rue, suffisamment étroite pour suivre tous nos gestes. Il menace de me zigouiller, passant son pouce sous son cou. Mais je n'en ai cure, je sais qu'il va me concocter un plan à sa façon en guise de vengeance, mais je m'amuse du tour que je lui joue.

Ce n'est pas la première fois, d'ailleurs. J'ai, comme on dit vulgairement, « levé des nanas » pour lui quand nous étions ados, et réciproquement. À vrai dire, je ne sais pas si, cette fois-ci, je suis sur le point de conclure pour lui ou foutre en l'air un plan drague. Je pencherais pour la deuxième option, car je suis assez contrariée par le fait qu'il ait sous-entendu que nous devrions renoncer à coucher ensemble. En fait, l'issue de mon plan ne tient qu'à un fil et sera celle que je veux qu'elle soit. Il ne reste qu'à pousser cette jeune femme dans un certain sens après m'être assurée de ses propensions à oser plus que de raison.

— Je vous rassure, c'est juste un plan cul très sérieux que je vous propose avec ce magnifique Apollon. Vos amies ne sont pas de la partie. Je vous l'ai dit, je vous ai observée. Je suis maladivement jalouse, donc je scanne les nanas à la ronde. Et vous m'avez passablement énervée. D'ailleurs, c'est votre faute si on a rompu. Je sais que vous êtes son genre de fille et…

Mince ! Mon plan part à vau-l'eau quand Nick, que je n'ai pas vu arriver, se met à genoux à mes pieds et me prend la main.

— Allez, mon cœur, arrête d'ennuyer cette jeune femme. Tes scènes de jalousies sont injustifiées. Tu sais que je n'aime que toi !

Des applaudissements crépitent autour de nous, les consommateurs profitent du spectacle que nous leur offrons. Et je ne vais pas me priver de rajouter quelques scènes de ma composition. Je regarde donc Nick droit dans les yeux, tout en me mordillant l'intérieur de la joue pour m'empêcher de rire. Je minaude.

— Mais tu n'arrêtais pas de la regarder. Elle te plaît ? Elle est plus belle que moi, c'est ça ?

Voyons comment il va se sortir de ce guêpier.

— Mon cœur, tu sais que malgré toutes les beautés ici présentes, à mes yeux, tu es la plus belle, parce que tu es celle que j'aime.

Ah oui, fortiche, mon Nico.

— Tu vois ! Tu reconnais qu'elle est belle, hurlé-je en montrant du doigt la jeune femme. Tu as envie d'elle, j'en suis sûre ! ajouté-je.

— Euh, je vais y aller... je crois... et vous laissez... régler ça entre vous. Je... je suis désolée si..., balbutie cette dernière.

Je lève les yeux vers elle et lui lance un regard noir. Ah oui, je suis douée pour la comédie, j'ai toujours eu les premiers rôles au lycée. Renonçant à bafouiller davantage, l'inconnue, qui avait des vues sur Nick et aurait pu conclure si je ne m'en étais pas mêlé, s'enfuit aussi vite qu'elle peut.

Nicolas se relève et époussette son jeans. Autour de nous, les spectateurs de cette mise en scène inopinée nous dévisagent, toujours dans l'attente du dénouement.

Je me lève, salue la foule.

— Merci pour votre attention, ce n'était que le premier acte d'une pièce de théâtre de rue que nous jouons au gré de nos envies, avec dans le rôle du mari, Nick, et moi-même dans celui de l'épouse maladivement jalouse ! À un de ces jours peut-être.

Sur ces dernières paroles, j'attrape mon compagnon par le bras, et nous quittons la scène sous les applaudissements.

— Tu sais que non seulement tu es une garce, mais tu es aussi complètement foldingue !

— C'est de notoriété publique.

— Et ton objectif, c'était quoi ? Sûrement pas de m'arranger le coup !

— Tu ne sauras jamais ! Tu as tout gâché avant la fin !

— Tu sais qu'on a passé l'âge de ces jeux débiles ?

— Oui. Mais c'était divertissant.

— Divertissant ? Je ne crois pas que ça l'était pour cette pauvre fille.

— Mais ça l'était pour moi. Et puis, je ne la connais pas, cette nana, alors qu'est-ce que ça peut faire ?

— Suzie ! Ne refais plus jamais ça, s'il te plaît !

— OK ! Mais c'était drôle de voir ta tête. Et quelle imagination ! Je constate que tu en as, presque autant que moi ! conclus-je dans un éclat de rire.

Chapitre 30
Décision

Robert

Mi-Juin 2014

C'est notre dernier repas avec nos proches dans cette demeure. Un petit dîner entre amis, les plus intimes. Je n'ai pas souhaité un départ en fanfare. Suzie, bien que solidaire de ma décision, en est trop affectée. Pour plusieurs raisons, dont la première est Nicolas, j'en suis persuadé. Cependant, mon but n'est pas de l'éloigner de lui. Je suis même, au demeurant, plutôt inquiet de ce que cette séparation va provoquer, apeuré malgré les paroles rassurantes de Bernard. C'est d'ailleurs lui qui nous a suggéré un changement de cadre, convaincu qu'il nous sera bénéfique.

À Bordeaux, ma ville natale, avec ma famille que j'ai tenue à l'écart et Meg, je trouverai une ambiance plus sereine et un soutien que j'ai repoussé trop longtemps. Que dire de l'atmosphère de mon bureau plutôt délétère, bien que, depuis plus d'un an, je ne traite plus aucun dossier sensible sur les crimes sexuels, de ceux qui me renverraient sans conteste à cette horrible journée.

Meg, qui gère une agence immobilière, nous a déniché un appartement en location en plein cœur de la ville, ce qui devrait plaire à ma citadine de femme. Elle pourra, si elle le souhaite, ouvrir une galerie d'art ou s'engager avec moi dans mon cabinet d'avocats. J'ai pris le parti de me spécialiser dans l'aide aux familles en difficulté, quelles qu'elles soient. Pour l'instant, Suzie n'a pris aucune décision. Je ne la brusque pas.

C'est déjà assez déstabilisant pour elle de quitter la capitale où elle y a ses repères et ses amis.

J'ai l'espoir qu'elle s'entiche de ma ville et de sa région. Je nous revois, arpentant les quartiers que j'affectionne, les rues commerçantes, les quais ; elle m'avait semblé sous le charme lors de ce premier week-end que nous avions passé ensemble. Bordeaux est une ville animée et Suzie, qui a énormément voyagé, s'adaptera à ce nouvel univers ; elle trouvera de quoi occuper ses journées, tout au moins je veux y croire. Je mise tous mes espoirs sur Éléonore et Meg pour l'aider à s'intégrer dans la famille. Choupette, surnom affectueux que je donne à Mégane, m'a tellement manquée malgré nos échanges ponctuels que j'ai hâte de rattraper le temps perdu. Cependant, je ne suis toujours pas prêt à dévoiler, même à elle, les secrets qui me torturent. Un jour, peut-être, tout le monde saura.

Pour l'heure, notre petite fête bat son plein. Suzie s'est surpassée. Elle a élaboré cet apéritif dînatoire pour le plus grand plaisir de nos convives. Ma femme est talentueuse dans ce domaine, comme dans bien d'autres. Nicolas n'exagérait pas le jour où il m'avait assuré qu'elle pourrait trouver un boulot dans n'importe quelle branche et parvenir à y faire carrière, pour peu qu'elle le veuille. Mais mon épouse n'a nul besoin de travailler, elle peut vivre de ses rentes, quant à moi, je subviens à nos besoins quotidiens.

Le petit intermède habituel entre Nicolas et Clémence me sort de mes pensées. Ces deux-là ne peuvent pas être ensemble sans se titiller. Comme d'habitude, ils régalent la galerie avec leur numéro bien réglé, divertissant la tablée. Clém est célibataire en ce moment, et il me semble qu'elle asticote Nicolas plus que de raison avec bons nombres d'allusions grivoises. Chercherait-elle à le mettre dans son lit ?

Bernard observe la scène, un petit sourire aux lèvres. Sa femme, aussi bavarde que son mari, du genre taiseux, discute avec la mienne. Une agréable soirée, semblable à tant d'autres, comme nous n'en avons pas organisé depuis trop longtemps. Je sursaute quand je sens un souffle sur mon cou et qu'un imperceptible effluve de parfum vient chatouiller mes narines. Je sais, c'est irrationnel, mais je reconnaîtrais cette fragrance entre mille. C'est celle de *La vie est belle* que je ne peux qu'associer à Eve. Notre disparue est avec nous, dans nos cœurs, tant et si bien que je ressens sa présence physique. C'est ce dont je me persuade.

Cependant, j'ai le souvenir d'avoir déjà perçu par le passé, durant nos vacances à Soulac dans la maison de Carmen, une présence dans cette vieille bâtisse. J'avais raconté à Abuelita que, parfois, j'avais l'impression que quelqu'un s'asseyait sur la balancelle de son jardin alors qu'il n'y avait personne à mes côtés. D'autres fois, c'était une puissante odeur de lavande qui m'assaillait.

— *¿ Tú también ?*

Je l'avais regardée, étonné.

— Tu sens ce parfum en ce moment ? avais-je demandé.

— *¡ Claro ! Pero no tengas miedo. Una gran mujer vivió aquí hace mucho tiempo. Su negocio está en el ático. A veces se manifiesta.*

— *¿ Cómo sabes que es ella ?*

— *Lo sé.*[5]

Tout ceci me dépassait. J'aurais dû être effrayé, mais je ne l'étais pas, cette étrange présence était étonnamment rassurante. Je n'avais pas remis en doute les explications d'Abuelita. Aujourd'hui, j'aurais bien aimé connaître son point de vue sur cette surprenante sensation. Malheureusement, mémé Carmen nous a quittés depuis quelques mois.

---

5. Toi aussi ? / Bien sûr ! Mais n'aie pas peur. Une grande femme a vécu ici, il y a longtemps. Ses affaires sont dans le grenier. Parfois, elle se manifeste. / Comment sais-tu que c'est elle ? / Je le sais.

Suzie se coule dans mes bras. Depuis plusieurs semaines maintenant, nous avons franchi un cap et j'ai bon espoir de retrouver une vie sexuelle épanouie. Ce changement de vie nous y aidera.

— Alors, quand comptes-tu annoncer la date de notre départ ? me souffle-t-elle à l'oreille.

Je glisse une mèche de ses cheveux blonds derrière son oreille. Elle me tient enlacé, ses bras autour de mon cou, et je pose mon front contre le sien. Comme je voudrais pouvoir l'aimer physiquement pour effacer cette petite inquiétude perpétuelle que je lis dans ses yeux. Je soupire et pose un baiser rapide sur ses lèvres, le premier depuis deux ans dont je suis l'instigateur. Elle écarquille les yeux de surprise.

— Je t'aime, Suzie, plus que tout au monde, et je sais que je te demande l'impossible.

— Mon amour, je t'ai fait une promesse le jour où nous avons échangé nos vœux… Sache que je la tiendrai parce que, moi aussi, je t'aime plus que ma vie. Et si vivre à Bordeaux, loin de nos amis, peut sauver notre couple, je suis prête à tous les sacrifices pour toi, pour nous.

Je ne doute pas d'y parvenir. Je ferai tout ce qui est en mon pouvoir pour la rendre heureuse. Elle m'embrasse et se tourne vers l'assemblée.

— Robert et moi avons une annonce à vous faire. Notre logement est prêt, nous emménageons dans notre nouvel appart dans quinze jours.

La nouvelle ne fait pas que des heureux. Je sais que le plus affecté est Nico, mais il s'efforce de ne pas le montrer. Nous avons discuté maintes fois de ce départ, j'ai même suggéré qu'il demande une mutation. Mais ce n'étaient que des propositions en l'air, j'en ai conscience. C'est, de plus, peu réalisable. Il ne peut pas quitter son poste sur un coup de tête. Ce transfert, il aurait fallu l'anticiper. Et il est trop investi dans sa brigade pour que son supérieur hiérarchique le laisse partir. Sa vie, malgré le drame, est ici, au plus près de Gabrielle à qui il faudrait trouver un nouveau centre. Ce qui ne serait pas une mince affaire vu les difficultés rencontrées pour trouver un institut adapté, pas très loin de chez nous et qui permet à Nicolas de lui rendre visite le plus souvent possible. Il ne supporte pas de rester sans la voir trop longtemps.

Il s'approche de moi et me serre dans ses bras dans une accolade virile.

— Tu vas me manquer, parvient-il à me dire d'une voix rauque.

— Toi aussi. Tu descends quand tu veux, la chambre d'amis t'attend et mes parents espèrent te revoir très vite. Tu n'ignores pas comme ils sont attachés à toi. D'ailleurs, n'oublie pas que tu es invité au baptême de Nina, le 4 juillet.

— Mouais, on verra.

— On verra quoi ? s'enquiert Suzie qui prend la conversation en cours.

— Nico n'est pas certain de venir nous rejoindre pour le baptême.

— Tu as intérêt à être là, sinon je viens te chercher par la peau du cul ! menace ma femme.

— Tout dépendra de l'avancée de l'enquête en cours. Ce n'est pas moi qui décide de quand elle sera bouclée. Et tu sembles oublier Gabrielle.

— Nicolas, depuis quand tu n'as pas pris de vacances ? l'interroge Suzie.

— Un bon moment, grommelle-t-il.

— Donc, ne m'oblige pas à user de mon charme auprès du commandant Saint-Pierre. D'ailleurs, je n'en aurai pas besoin, il validera ma demande à l'instant même où je la lui ferai. Quant à Gabrielle, Georgia s'occupe d'elle comme si elle était sa propre fille. Nick chéri, des vacances te feront le plus grand bien, même Georgia sera de cet avis. De toute façon, tu es bien trop habitué à nous. Dans une semaine, tu n'auras qu'une hâte, nous revoir. N'est-ce pas, mon cœur ? conclut-elle.

— Sauf si je m'occupe tellement bien de lui pendant votre absence qu'il n'aura pas le temps de se morfondre sur son sort. Bande de lâcheurs ! me coupe Clémence avant que je ne puisse répondre. J'ai quelques petites idées qui devraient lui plaire, ajoute-t-elle en lui caressant la nuque.

Bon, son geste est sans équivoque et ses projets aussi clairs que de l'eau de roche. Reste à savoir si, au vu de notre passé commun, Nico cédera à ses avances. Pour l'instant, il ne la repousse pas, mais de là à accepter de coucher avec elle ? Suzie ne dit rien, elle les observe et se mord la lèvre. Elle réfléchit. Je me demande si elle a saisi les allusions de notre amie. Je suis sûr que oui. Est-ce que cet arrangement possible lui déplaît ? Si elle et Nicolas entretiennent une relation de *sexfriend*, elle n'est pas exclusive. Nicolas ne cache pas ses multiples *one shot*, et Suzie me raconte bien souvent ses frasques, ses plans dragues, ses réussites et ses rares échecs auxquels elle assiste parfois. Donc non, je veux croire qu'au contraire, elle accepte cette passation de rôles. Mais je suis réaliste, je sais aussi que notre éloignement ne mettra pas un terme à cette étrange relation qui les lie tous les deux.

— Si tu lui fais du mal, par contre, je reviendrais pour t'exploser la tête. Alors tu as intérêt à assurer, la menace-t-elle.

— Je te promets de bien prendre soin de lui, lui réplique Clémence.

— Eh, les filles, je suis assez grand pour m'occuper de moi, je n'ai pas besoin de chaperon, intervient Nicolas.

— Voyons, est-ce que j'ai une tête à jouer ce rôle ? J'en ai bien d'autres en réserves. Tu serais surpris de ce que je pourrais concocter. Je…

— Stop ! Pas de détails. Je peine déjà à écouter tes récits quand tu évoques des étrangers, alors je ne veux surtout pas avoir des images de vous… deux. Quand je pense que c'est nous, les hommes, qu'on accuse de nous vanter de nos prouesses sexuelles ! la coupé-je

Clémence éclate de rire tandis que j'entraîne ma femme à ma suite, laissant cette perverse de Clém, qui ne ressemble plus du tout à celle que j'ai pu aimer un jour, en compagnie de Nicolas. Nous rejoignons Bernard qui suit la conversation à distance.

— Ne t'inquiète pas, tout va s'arranger pour vous tous, un jour.

J'aimerais bien que ce « fameux jour » ne tarde pas trop à venir.

Chapitre 31
Un nouveau départ !

Suzie

Je me réjouis tout en angoissant plus que de raison. Bordeaux n'est pas la capitale, certes, mais ce n'est pas la campagne non plus. Les conditions de vie au Pérou, lors de mes escapades, sont bien plus sommaires. Je devrais donc m'adapter sans problème à mon nouvel univers. Robert ne cesse de me vanter les qualités de Mégane, sa petite protégée qu'il a trop peu vue ces dernières années. Il est persuadé que nous nous entendrons à merveille. J'espère ! Je suis plutôt asociale et, de prime abord, mon air glacial rebute. Il faut avouer que je suis d'ordinaire méfiante et ne me lie pas facilement. J'ai peu d'amis, beaucoup de relations. Mais pour Robert, je composerai, peut-être même n'aurai-je pas d'efforts à faire si cette jeune fille est telle qu'il me la décrit : loyale, généreuse, aimante.

Il m'a fallu batailler pour convaincre Nick de nous rejoindre pour le baptême de Nina. Par chance, l'affaire qui retenait toute son attention touche à sa fin. Encore une fois, un crime sordide qui l'affecte trop. Et il a fini par se faire une raison en ne rendant pas visite à Gabrielle pendant quinze jours. Il prendra de ses nouvelles auprès de Georgia, une des infirmières du centre, tous les soirs. Quelques jours de vacances ne peuvent que lui être bénéfiques. Et je veux profiter de sa présence. Je ne sais pas vraiment comment nous allons gérer notre séparation. Il semble que Clémence ait de grands projets pour eux, je ne veux même pas les imaginer ensemble. C'est assez… déconcertant et… déplaisant. Je suis jalouse de la place qu'elle va prendre, bien que je sois intimement persuadée que ce ne sera que sexuel.

Je suis peut-être une originale, mais Clém me bat à plate couture. Cette fille est obsédée par le sexe. Je crois que c'est la raison de sa rupture avec Robert. Mon mari n'aurait pas accepté ses goûts libertins. Elle ne s'en cache pas désormais. Je l'ai même entendue, un jour, discuter avec Nick d'un club BDSM dans lequel elle a ses habitudes. J'espère qu'elle ne l'entraînera pas dans ses délires. Mon ami est trop fragile pour des jeux de ce type. Je ne comprends pas son attirance pour cet univers, j'ai l'impression que c'est in désormais de tenter ce genre d'expériences, je les laisse à ceux que ça fascine.

Nous sommes allongés sur son lit, alanguis après une séance de sexe. Une des dernières avant mon départ dans deux jours. J'ai encore beaucoup de choses à régler. En attendant, je squatte l'appartement de Nick. Robert est déjà sur place pour préparer l'ouverture de son cabinet, rencontrant les candidates pour le poste de secrétaire. Quant à l'appartement provisoire que nous a déniché Meg, il est habitable grâce à une partie de notre mobilier, le reste sera prochainement stocké dans un garde-meuble dès que notre logement principal sera vendu. J'ai d'ailleurs un rendez-vous dans une demi-heure avec l'agent immobilier pour une visite.

— Ça va ? s'inquiète Nick en m'entendant soupirer.

— Oui, je crois.

— Qu'est-ce qui se passe ? Tu as peur ?

— Je ne sais pas… oui… peut-être.

— Tout va bien se passer. La famille de Robert est formidable. Les circonstances ne t'ont pas permis de les connaître vraiment, mais je t'assure que Claire et son mari sont très heureux de t'accueillir.

— Mouais, je ne suis pas sûre. Depuis que nous sommes mariés, enfin depuis le… bref, ils ne nous ont pas beaucoup vus. Je suis persuadée qu'ils s'imaginent que je suis une putain de snob qui préfère la Riviera, les Seychelles et compagnie plutôt que cette station balnéaire que Robert affectionne tant. Et j'ai bien voulu jouer ce rôle, pour son bien-être... Mais je pense que ça me dessert. Et mes relations avec Éléonore... Ça ne va pas être simple. Quand je regarde cette petite Nina, si... pétillante et pleine de vie, eh bien... je l'évite... parce que...

Nick me caresse le bras en signe de réconfort. Il sait ce que je veux dire, il ressent la même chose quand il croise le regard d'enfants. Il pense, tout comme moi, à ce que nous n'aurons jamais.

— Ils vont tous te faire la place que tu mérites, tu verras. Et dans cette atmosphère favorable, Robert va avancer plus vite. Il a déjà fait pas mal de progrès, tu ne trouves pas ?

— C'est vrai ! Il me laisse le caresser désormais, et il m'embrasse parfois assez avidement. Mais ses cauchemars, bien que moins fréquents, persistent. Et il me rejette encore quand je suis trop entreprenante. Nick, quand est-ce que tout va revenir à la normale ? Il me manque tellement !

— Bientôt, mon cœur. Tu dois juste être encore un peu patiente. Je suis convaincu que ce changement radical de mode de vie va porter ses fruits, bientôt.

— Et toi, tu avances ?

— Bah, moi, je n'ai aucun objectif à atteindre. Juste à me protéger en ne tombant plus jamais amoureux. Et pour ça, je fais ce qu'il faut. Un petit coup par ci, un autre par là. Pas de relation suivie, jamais la même fille plus de deux fois, ne jamais chercher à la connaître. Et Clémence me promet des rendez-vous mémorables ! Connaissant sa réputation, je n'ai aucune inquiétude. Avec elle, septième ciel garanti ! Et sans prise de tête !

— Fais attention ! Clém te connaît depuis longtemps, elle a peut-être des sentiments pour toi.

— Clém ? Non ! Ça a toujours été un jeu avec elle. Elle veut juste coucher avec moi. Et si ça se trouve, après avoir réussi à me mettre dans son pieu, elle passera à autre chose.

Je ne suis pas convaincue par son analyse. Mais je ne peux pas exiger qu'il se tienne à distance de la plus « chaudasse » — ce qu'elle assume être — des nanas qui pourrait le satisfaire quand le besoin s'en fera sentir et que je serais bien trop loin pour y répondre. Une question me taraude : comment ferais-je moi, pour étancher le mien ? Nick devine mes pensées.

— Tu n'hésites pas à m'appeler si nécessaire. Et… on pourrait se retrouver à mi-chemin parfois. Mais surtout, quoi que tu fasses, là-bas à Bordeaux, pense toujours à Robert. Ne fais jamais rien qui compromettrait votre avenir.

— Je ne fais que ça, penser à lui, à nous. Mais quand rien ne va, je t'ai toi. Et, là… comment… comment je vais me changer les idées, qui va me distraire ?

— Écoute, peut-être que tout va s'arranger très vite. Robert sera plus disponible pour toi. C'est aussi l'objectif de ce changement, alléger sa charge de travail, diminuer le stress. Et cette Meg, dont il ne cesse de parler, elle peut devenir ton amie, et Éléonore aussi, si ça se trouve.

— Je ne suis pas douée pour me faire des amies. Les filles ne m'apprécient pas vraiment, en règle générale. Une seule a su me toucher et elle seule était capable de m'accepter telle que je suis. Tu sais comme je peux être peste.

Nicolas éclate de rire. Il est debout devant moi et enfile son t-shirt tandis que je regarde avec effroi ma robe toute chiffonnée.

— Oh que oui ! Mais tout le monde finit par t'aimer. Allez, bouge, ton agent va t'attendre.

— Eh bien, il attendra ! Je vais me changer. Je veux être à mon avantage pour le charmer et lui faire baisser cette putain de commission qu'il va se faire sur notre dos.

— Ah, j'avais oublié : peste, manipulatrice et machiavélique !

— Tu n'as pas mentionné, garce, snobinarde et salope à ses heures, autres qualificatifs qui me définissent.

— En façade tout ça. La vraie Suzie, c'est loin d'être ça !

Chapitre 32
Nouveaux bouleversements

Nicolas

J'ai beau me montrer détaché, mais le départ de mes amis m'affecte plus que je ne veux le laisser croire. J'ai tout tenté pour rassurer Suzie, sur tous les plans. Cependant, je crains de n'avoir dupé personne. Je suis très inquiet pour mon amie. J'espère qu'elle ne commettra pas de faute irréparable, qu'elle se contentera de jouer de ses charmes et que Robert, dans une ambiance protectrice, guérira de ses blessures.

Moi, mon cœur est en miettes et plus personne ne pourra jamais le réparer. D'ailleurs, je n'y tiens pas. Il ne battra plus jamais pour personne. J'ai aimé une femme plus que de raison et sa disparition m'a détruit. Ma fille ignore qui je suis, elle survit grâce aux soins incessants qu'on lui prodigue. J'avais placé de grands espoirs dans le *patterning*, m'y suis investi tant que j'ai pu, souhaitant maintenir Gabrielle à domicile, persuadé du bien-fondé de ma démarche. En vain. J'aime cet enfant plus que ma vie et je ne souhaite que le meilleur environnement pour elle. Mais j'ai dû me résoudre à la placer dans un centre spécialisé, avec le sentiment honteux que je l'abandonnais, et celui d'avoir lâchement déserté mon rôle d'époux en ne sauvant pas Eve.

Rejoindre Robert dans le Bordelais, comme il me l'a suggéré, m'a énormément tenté. Après tout, qu'est-ce qui me retient ici à part ma fille et mon boulot ? Gabrielle est en institution à une centaine de kilomètres d'ici et je ne m'y rends pas tous les jours. Du moins plus, comme les premiers temps. Cependant, mes visites sont réglées comme du papier à musique. Tous mes week-ends y sont consacrés et si une enquête vient perturber cette routine, je fais l'aller-retour dès que possible. Je ne peux rien contre ces aléas. C'est pourquoi je rechigne à accepter l'invitation de la famille Chambard. D'autant que les parents de Robert, pour qui j'ai une grande affection, espèrent ma présence pour une plus longue durée. Ce qui implique que je ne verrais pas mon bébé pendant près de quinze jours. C'est déjà beaucoup. Alors, songer à m'expatrier ? Un doux rêve. Il faudrait que je me mette en quête d'un centre pour Gabrielle, et que j'accepte de la couper d'un environnement sécurisant avec un personnel professionnel qui s'est attachée à elle.

Son état de santé s'est dégradé ces derniers temps, j'en perds le sommeil, rongé par l'inquiétude. Sa prématurité et le manque de maturité de ses poumons la fragilisent et la rendent sensible à toutes sortes d'infections respiratoires.

Je regarde ce petit ange qui peine à trouver son souffle, les yeux bleus de sa mère brillants de fièvre rivés sur moi. Je lui prends la main pour la porter à ma bouche et l'embrasser.

— Ça va aller, m'assure Georgia, la plus optimiste des infirmières qui soit, en me tapotant l'épaule. Tu en as vu d'autres, hein, ma grande, ajoute-t-elle en s'adressant à mon bébé.

Georgia est étonnante. Son moral d'acier ne faiblit jamais, alors qu'elle assiste plus souvent au déclin des patients qu'à l'amélioration de leur état — la guérison n'étant qu'une douce illusion dont on se berce au début. Son empathie est légendaire dans le service. Elle respire la joie de vivre, vous insuffle la force nécessaire pour vous faire avancer. Si sa préférence va aux soins des jeunes enfants, elle s'attache néanmoins à offrir ses services aux adultes, les plus handicapés généralement, et parvient à les stimuler, les encourageant à persévérer. Sa gaieté est communicative et tous, quel que soit l'âge, recherchent sa présence.

— Alors, ma beauté, tu es contente que ton papa soit là aujourd'hui ? Oui, je vois bien comment tu le regardes.

Je voudrais la croire sur parole, mais je n'y parviens pas bien que les doigts de ma petite fille s'accrochent à moi et qu'elle ne détourne pas les yeux qui restent fixés sur les miens. Mais Georgia fait partie de ces soignants convaincus que Gabrielle ressent ma présence et qui certifient qu'elle est beaucoup plus réactive, plus apaisée aussi, les jours où je lui rends visite. Elles m'ont toujours incité à lui parler, ce que je parviens à faire aisément. Je lui raconte sa mère. Il n'y a qu'ici où je m'autorise à le faire. C'est douloureux et, souvent dans ces cas-là, Georgia traîne dans les parages. Sa présence silencieuse me réconforte et m'apaise. Georgia, c'est le sosie de la « Mama de Scarlett », dans *Autant en emporte le vent*, le film préféré de ma femme que j'ai vu souvent avec elle.

— Tu es sûre, Georgia, qu'elle va se remettre avant la fin de la semaine ? Je dois m'absenter et…

— Eh, relax ! Ce n'est pas sa première infection, OK ! Je gère, mon grand ! Fais ce que tu as à faire. Et si tu prenais quelques jours de vacances ? Ça ne te ferait pas de mal.

— Justement, il faudrait que je m'absente pour quinze jours et je me demandais si le moment était bien choisi. Si son état s'aggrave, je ne pourrais pas être à ses côtés dans l'heure. Non, je ne crois pas pouvoir rester absent aussi longtemps. Tu sais, je ne me suis toujours pas habitué à ne pas l'embrasser tous les matins, elle me manque toujours autant que les premiers jours où je vous l'ai confiée.

Georgia se renfrogne et met ses mains sur ses hanches imposantes.

— Ça fait un an et demi que la petite est là et je me souviens parfaitement que tu débarquais tous les jours les six premiers mois, jusqu'à ce qu'on t'interdise de venir à toute heure et que l'on mette en place un calendrier de visites. Et tu n'en as manqué aucune, bien que parfois, à cause de tes obligations professionnelles, il t'ait fallu revoir ton planning. Il serait peut-être temps, pour une fois, que tu penses un peu à toi. Tu aurais tort de te priver de quelques jours de vacances ! Arrête de culpabiliser !

Georgia en sait beaucoup sur nous. J'ai pleuré dans son giron comme un bébé le jour où je lui ai confié ma gamine. Je ne parvenais pas à m'y résoudre, bien que ce soit la meilleure solution, de l'avis de tous, pour elle comme pour moi. Mon entourage s'inquiétait pour ma santé. Je dormais peu, la plupart du temps penché sur son berceau à l'écouter respirer, toujours en alerte au moindre signe que je trouvais anormal.

Je me demande encore comment j'ai pu me laisser aller à de tels débordements. Cela me ressemble si peu de dévoiler mes faiblesses à des inconnus, à qui que ce soit d'ailleurs. Beaucoup pourraient s'offusquer de cette familiarité, mais ici, tout est différent. Pas de jugement, pas de faux semblants. Dans la souffrance et la maladie, les rapports humains sont tout autres. Ils sont simplement sincères et empreints d'humilité.

— Alors, quels sont tes projets ? Tu t'es trouvé une petite poulette ? demande-t-elle tandis qu'elle retire l'aérosol du visage de Gabrielle.

Elle la prend dans ses bras, se tourne vers moi qui suis assis sur une chaise près du lit, et tente une fois de plus de la poser sur mes genoux. Mon regard noir l'en dissuade. Elle reste debout, berçant mon enfant à ma place. Je suis incapable de le faire et elle le sait ! Elle ignore pourquoi. Robert et même Suzie y parviennent, mais pas moi. Je peux la cajoler, la couvrir de baisers, mais la serrer contre mon cœur, je ne peux pas. C'est trop douloureux.

— Alors, cette poulette, elle est jolie ? reprend-elle.

— Il n'y a pas de nana. Je vais juste passer quelques jours chez Robert et Suzie.

— Ah, oui ! J'avais oublié que ces deux-là nous abandonnaient ! Qu'est-ce qu'il va foutre, ton parrain, à Bordeaux ? Y a rien là-bas, à part le vin ! déclame Georgia à ma fille, l'incluant dans notre conversation.

— Sa famille y vit ! répliqué-je

— Mouais ! Et toi, comment tu prends tout ça ?

— Je survivrais.

« Mama » me dévisage, inquisitrice. Elle est pire qu'une mère s'inquiétant pour ses enfants. Je fuis son regard, elle est bien trop perspicace. Je l'apprécie beaucoup, elle m'est d'une aide précieuse, cependant certaines choses doivent rester secrètes.

— Mouais ! Prends soin de toi et n'oublie pas que si tu as envie de parler…

Georgia est une excellente infirmière, fine psychologue, mais je n'ai pas besoin d'une séance de psy. D'ailleurs un psychiatre, j'en ai déjà un !

— Tu devrais y aller, mon grand, il est tard, tu as encore de la route à faire et la petite s'est endormie.

Sur ces paroles, elle recouche Gabrielle et se recule pour que je puisse embrasser ma fille à mon tour. Je lui caresse la joue, elle est apaisée, moins fiévreuse, et je pars après avoir déposé un baiser dans le creux de son cou, relativement, rassuré.

— À dans quinze jours, mon ange. Papa t'aime plus que tout et maman veille sur toi.

Chapitre 33
Ma nouvelle vie

Suzie

Éléonore m'attend à la gare Saint-Jean, la petite Nina dans ses bras. Je me crispe aussitôt. J'ai pour habitude de me tenir à distance des enfants et mon attitude revêche les éloigne, ce qui me convient, même si les raisons sont à mille lieues de ce que l'on peut imaginer. Ce n'est pas plus mal, parce que je n'ai nulle envie de la compassion d'étrangers.

Il va me falloir composer. Nina est un adorable bout de chou, ce qui n'arrange rien. Mais tant pis si je passe pour une affreuse pimbêche qui n'aime pas les enfants. Le problème, c'est comment me lier d'amitié avec ma belle-sœur pour qui cette gosse est le centre de son univers, comme l'aurait été ma fille ? Sans compter que j'ai toujours eu le sentiment qu'Éléonore n'a jamais vraiment compris l'amour qui nous lie, Robert et moi, et qu'elle aurait préféré qu'il épouse quelqu'un d'autre, du genre d'Élise, l'hôtesse de l'air qu'elle semblait beaucoup apprécier. Je l'avais constaté lors de ma visite, tant, le nom d'Élise revenait sans arrêt dans la conversation. J'espère que j'aurais plus de chance d'être acceptée par la « petite Meg » — comme je me plais à l'imaginer tant Robert me parle de celle-ci comme une gamine. Je ne ferais sa connaissance que demain, à l'occasion du baptême de Nina.

Ma belle-sœur a opté pour une fête grandiose sur tout le week-end, chambres d'hôtes pour une centaine d'invités triés sur le volet, des amis, de la famille que je ne connais même pas. Robert est ravi. Je suis angoissée. Heureusement que Nick vient nous rejoindre ! Il arrivera à la dernière minute, souhaitant rendre une dernière visite à sa fille, dont l'état de santé l'inquiète. Gabrielle est de plus en plus sujette aux infections et l'équipe médicale a laissé entendre que son avenir était plus qu'incertain. Nick culpabilise de l'avoir mise en institution, persuadé que l'environnement est responsable de toutes les pathologies qu'elle déclare. Il est dans le déni parfois. Je peux le comprendre. J'espère que Gabrielle ne nous quittera pas de sitôt ; nous sommes trop fragiles tous les trois pour vivre un nouveau drame. C'est une pensée égoïste, j'en ai conscience. Parfois, je ne sais que penser de ce qui pourrait être le mieux pour nous tous qui lui sommes attachés, à Nicolas en particulier, et à la petite elle-même. C'est une réflexion très complexe qui ne trouve pas de réponse.

Je me force à sourire en me dirigeant vers Éléonore, étonnée par sa présence, je l'aurais pensé débordée par les préparatifs de la fête. Nina sur sa hanche, elle se penche vers moi et m'embrasse, je lui rends son bonjour de la même manière.

— Alors, ce voyage, pas trop fatigant ?

— Bah, deux heures, c'est vite passé. Cependant, j'avais hâte d'arriver, je n'en pouvais plus de cette famille avec ses six enfants qui n'ont pas arrêté de se chamailler !

Et d'en rajouter pour enfoncer le clou.

— Je déteste les enfants !

Éléonore me jette un regard horrifié.

— Je n'ai pas la fibre maternelle, désolée. Mais ta petite Nina est magnifique, ajoutai-je pour adoucir mon point de vue.

— Tu n'envisages pas d'avoir des enfants ? Et Robert, il en dit quoi ?

— Oh, Robert, eh bien pour l'instant, on va dire que ce n'est pas sa priorité.

Et c'est loin d'être un mensonge. Cependant Éléonore ne semble pas se satisfaire de cette réponse.

— Je suis surprise, mon beau-frère a toujours rêvé d'avoir une famille nombreuse. Je l'ai toujours entendu en parler avec Meg.

Je hausse les épaules avant de proférer un ignoble mensonge.

— Ben ça, c'était avant ! Les contraintes et les aléas de la vie nous font parfois changer d'avis.

Finalement, ce n'est qu'une demi-vérité. Notre projet de fonder une famille n'est qu'en stand-by par la force des choses. Il reste notre vœu le plus cher. Porter un enfant de l'être que l'on aime est la plus belle chose au monde. La concrétisation de l'amour qui lie deux personnes, le reflet de l'autre à chérir. Je suis bien placée pour le savoir. Et je le souhaite plus que tout, même si le risque de voir les choses mal tourner restera omniprésent dans mon esprit jusqu'au jour de sa naissance. Mais ce secret, je le garde pour moi. Je préfère que les Chambard pensent que l'agrandissement de notre famille n'est pas à l'ordre du jour. Nous éviterons ainsi d'être harcelés quotidiennement avec cette ritournelle : « Alors, c'est prévu pour quand, le bébé ? » Car avant d'en arriver là, nous avons d'autres problèmes à gérer. Je prie pour que Nick et Bernard aient raison et qu'un nouveau départ soit un tremplin sur le chemin de la guérison.

Je m'efforce de sourire à Éléonore que je ne vais pas gagner à ma cause. Je présume, à son regard suspicieux, qu'elle est persuadée que je suis l'instigatrice de ce refus de maternité que son beau-frère adoré ne peut que subir. Eh oui, je l'ai compris très vite, les liens affectifs sont très puissants dans cette famille. En voulant tenir éloignée de moi la petite Nina en tenant des propos anticonformistes sur l'attachement aux enfants, je viens peut-être de me montrer sous un jour bien peu flatteur. Dans l'esprit de beaucoup, aimer les enfants est inné chez les femmes, dans le cas contraire, j'ai pu constater le regard horrifié de ces intolérants qui ne peuvent l'accepter. Personnellement, j'estime que chacun est libre de ses sentiments, et ne pas vouloir d'enfants, une décision personnelle. Ce qui me choque, moi, c'est d'en avoir et de les maltraiter. Je ne rêve, quant à moi, qu'à les chérir, mais je ne veux pas faire la nounou, et ce dans le seul but de me protéger.

Éléonore ne dit plus rien et un silence gênant s'installe entre nous tandis que nous nous dirigeons vers sa voiture.

— Tu veux que je te dépose chez toi ou tu préfères rejoindre Robert à son bureau ? D'après ce que je sais, il recevait aujourd'hui sa dernière candidate pour le poste de secrétaire.

Je lève les yeux de mon téléphone alors que je termine le message en réponse à celui de Nick qui me demande si tout va bien. À vrai dire, non, tout ne va pas bien, mais je vais m'abstenir de lui avouer la vérité. J'ai envie de pleurer. L'épaule chaleureuse de Nick me manque, tout comme les étreintes de Robert. Je voudrais tant me perdre en lui pour ne plus avoir peur du lendemain. Un sanglot que je tente de contenir m'échappe.

— Suzie, ça va ? s'inquiète ma belle-sœur.

J'essuie furtivement une larme qui coule sur ma joue, espérant qu'elle ne l'ait pas remarquée, et me reprends.

— Tout va bien, merci. C'est juste que je pensais à mon amie Eve qui rêvait de découvrir Bordeaux et que... maintenant que nous allons vivre ici...

Je soupire et n'en rajoute pas plus. Éléonore ignore une partie de notre histoire, mais elle connaît Nick et le drame qui l'a frappé, par l'intermédiaire de sa belle-famille qui porte à ce dernier beaucoup d'affection depuis que Robert et lui se fréquentent.

— C'est un terrible drame, cette perte, pour vous, et surtout pour Nick. Je suis contente qu'il ait accepté de venir. Je sais combien Robert et lui sont proches, et j'imagine comme il doit s'en vouloir de n'avoir pu arrêter ces cambrioleurs. Heureusement pour lui qu'ils ne l'aient que légèrement blessé, et ainsi pu sauver la vie de la petite, à défaut d'avoir sauvé tout le monde.

Si elle savait!

— Je crains fort que ce ne soit qu'une piètre consolation. Eve et Robert se connaissaient depuis longtemps. Son absence nous est douloureuse et le fait que Gabrielle soit en vie n'apaise pas notre peine. Une vie n'en remplace pas une autre, répondis-je froidement, agacée par son raisonnement.

— Désolée, s'excuse-t-elle. Tu as raison. Alors, je te dépose où ?

— Si tu as les clés, chez moi, je suis fatiguée. Je voudrais me reposer un peu en attendant Robert.

À vrai dire, j'ai besoin d'être seule un moment et découvrir mon nouveau lieu de vie provisoire, choisi par Meg et validé par Robert. J'ai accepté ce nouveau départ à reculons — sans pour autant l'avoir avoué à quiconque, même pas à Nick — et je les ai laissés libres de toute décision. De toute manière, ce n'est que temporaire. Meg doit nous faire des propositions dans les jours à venir pour un investissement à long terme, et j'aurais alors le dernier mot.

— Ah, je t'aurais cru impatiente de retrouver ton mari après ces deux semaines de séparation. En tout cas, moi, je le serais, je ne peux pas vivre éloignée de Ludovic.

Moi non plus, je ne peux pas. Mais outre le besoin d'un peu de tranquillité, je ne veux pas qu'Éléonore assiste à nos retrouvailles.

— On est différentes, mens-je. Et ces fichus gosses m'ont épuisée.

Et voilà qu'une fois encore, je montre aux autres celle que je ne suis pas. C'est éreintant, car j'ai perdu l'habitude de jouer la comédie. Robert a brisé la carapace protectrice qui m'entourait, m'obligeant à me dévoiler telle que je suis. Aujourd'hui, elle me manque, je voudrais bien me cacher derrière un masque d'indifférence, car je ne veux pas que l'on puisse deviner ma souffrance et mon chagrin.

— Il semble bien.

Je sens de la déception, voire un reproche, dans sa conclusion laconique, mais tant pis. Elle va devoir s'y faire.

Le silence s'installe à nouveau entre nous. Le babillage de Nina, qui nous a bercées pendant une grande partie du trajet, a cessé. Elle s'est endormie.

Une fois que nous sommes arrivées à destination, mon chauffeur s'arrête en double file et me remet les clés.

— Appartement 2 B, dernier étage, votre nom est sur la porte. Tu m'excuseras si je ne t'accompagne pas, je ne voudrais pas réveiller Nina.

— Pas de problème, assuré-je en sortant de la voiture.

Je récupère ma valise avec l'aide d'Éléonore qui m'embrasse avant de partir, en me donnant rendez-vous le lendemain.

Je la suis du regard tandis qu'elle démarre et se glisse dans le flux de la circulation, avant de m'engouffrer dans le hall de l'immeuble de haut standing.

Arrivée à l'appartement, je marque un temps d'arrêt puis me décide à entrer. Je claque la porte derrière moi d'un coup de pied rageur et me laisse glisser au sol avant d'éclater en sanglots.

Chapitre 34
Tout n'est pas si simple

Robert

Je regarde ma montre et reste surpris de constater qu'il est si tard. Je n'ai pas vu le temps passer, occupé à l'organisation de mon bureau. Ce dernier entretien s'est avéré concluant, Marie Roche est parvenue à me séduire dès qu'elle s'est assise face à moi. Il émane d'elle un je-ne-sais-quoi malgré son âge, son inexpérience et ses qualifications bien en dessous de toutes les autres candidates. Mais elle m'a convaincu de lui donner une chance. Nous allons donc collaborer pendant trois mois et au terme de ce contrat provisoire, nous ferons le bilan et je l'embaucherai peut-être de manière définitive. J'espère ne pas me tromper, mais mon instinct me dit que la jeune fille va agréablement me surprendre. Son projet à long terme est de devenir avocate, mais elle se trouve contrainte à faire quelques sacrifices avant de s'aventurer dans de longues études de droit.

Je réalise alors que je n'ai pas de nouvelles de Suzie malgré cette heure avancée. Elle devrait être arrivée depuis des heures. Son train a peut-être eu du retard. Je suis soudain inquiet, elle m'aurait averti. Où est-elle ? J'ai peur qu'elle n'ait changé d'avis. Peut-être lui en ai-je trop demandé ? Si ce nouveau départ s'avère être bénéfique pour moi — les cauchemars tendent à s'espacer depuis que je suis ici —, c'est sans doute une épreuve de trop pour elle. Ai-je occulté des signes ? M'a-t-elle dupé, voulant me montrer que ce que je voulais voir ? Éléonore m'aurait contacté en cas de problème, sauf si… Mince, j'ai éteint mon téléphone pendant l'entretien, je déteste l'entendre vibrer, ça me déconcentre !

Plein d'espoir, je rallume mon smartphone. Ma belle-sœur me confirme la présence de ma femme qui a préféré aller se reposer à la maison. Je perçois comme un reproche dans son message vocal. Mais de Suzie, rien !

Bon, pas de panique, tout va bien. Elle a dit à Éléonore qu'elle était fatiguée, elle a dû s'endormir, tenté-je de me rassurer en mon for intérieur.

Quoique ne pas donner de nouvelles ne lui ressemble pas. Nous nous textotons régulièrement depuis notre rencontre, des messages coquins parfois, au début de notre relation, et des petits mots aujourd'hui pour confirmer l'amour réciproque qui nous unit. Je le lui écris tous les jours.

Je lui envoie un SMS, craignant de la réveiller brutalement si elle est endormie.

Robert : *Mon cœur, où es-tu ?*

Elle me répond aussitôt.

Suzie : *À la maison.*

Hum, sa réponse laconique ne me rassure pas.

Robert : *Je suis là dans un quart d'heure. Attends-moi.*

Suzie : *Où irais-je ?*

En effet, où pourrait-elle aller alors qu'elle connaît si mal la ville ? Mais sa remarque me perturbe et me confirme que quelque chose ne va pas. Je me hâte de récupérer mes clés de voiture et celles de l'appartement, ferme mon bureau et dévale les escaliers quatre à quatre.

Comme prévu, je suis chez nous quinze minutes plus tard. Je dépose mes clés dans une coupe prévue à cet effet sur une commode de l'entrée. Les bagages de Suzie traînent dans le hall, ainsi que son sac à main, à même le sol, là où elle les a laissés, ce qui ne lui ressemble pas. La maison est silencieuse, ce qui me surprend. Suze a horreur du silence :

soit la musique résonne à plein tube, soit la télévision est allumée, le volume à fond alors que personne ne la regarde.

— Suzie ? appelé-je en passant de pièce en pièce jusqu'à parvenir à notre chambre.

C'est là que je la trouve, sur notre lit, recroquevillée en position fœtale. Elle a pleuré, le mascara a coulé, ses yeux sont rougis. Mais elle est toujours aussi belle qu'au premier jour de notre rencontre, bien qu'elle ait, à mon goût, perdu du poids depuis le drame et plus jamais repris ses kilos qui lui donnaient les courbes généreuses et épanouies que j'aimais tant. Je mise beaucoup d'espoirs dans notre nouvelle vie ! Cependant, je ne m'attendais pas à la trouver si bouleversée.

Je m'en veux, soudain, d'avoir confié à Éléonore la mission d'aller la chercher à la gare. J'aurais dû m'y rendre moi-même.

Je m'assieds sur le bord du lit, ses yeux fixent le mur en face, elle semble ailleurs.

— Chérie, qu'est-ce qui se passe ? Éléonore t'a dit quelque chose qui t'a blessée ? Tu m'en veux de n'être pas venu te chercher ? Tu détestes la maison ?

Elle pose enfin son regard sur moi et se redresse.

— Non, rien de tout ça. Prends-moi juste dans tes bras.

Je l'installe sur mes genoux et elle vient nicher sa tête dans le creux de mon cou. Je pose ma tête sur son épaule, lui caresse la nuque. Les effluves de son parfum chatouillent mon nez tandis qu'elle hésite à me toucher et m'enlacer. De ma main libre, je guide une des siennes dans mon dos. Depuis quelque temps, je supporte plus facilement ses étreintes. Je suis heureux de ce petit pas. Mais comme j'aimerais me perdre en elle, ressentir la chaleur de son corps nu contre le mien, voir se dessiner son sourire extatique quand elle jouit ! Ce jour viendra, il nous faut nous armer de patience, tout simplement.

— Tout va bien se passer, je te le promets. Nous sommes ensemble et nous nous aimons. C'est notre force pour lutter contre l'adversité.

— Je sais, Robert. Mais je voudrais tant que nous nous aimions physiquement. J'ai besoin de te toucher, t'embrasser partout, de te faire vibrer, t'emmener au bord du gouffre, avec ma langue, avec mon corps. J'aspire à ce que tu aies faim de moi à nouveau, que tu cries mon nom quand tu es sur le point de sombrer. Je rêve que tu me fasses hurler de plaisir, que tu marques ce corps qui t'appartient. J'attends que tu me reviennes. Mais le chemin est long, et j'ai tellement mal quand tu me repousses, quand malgré l'amour que j'ai pour toi, je ne peux empêcher tes cauchemars de te hanter et te détruire nuit après nuit. À chacun de tes hurlements, j'ai l'impression de reculer d'un pas.

— Sache, ma petite diablesse, que, à moi aussi, nos ébats torrides me manquent. Et je souhaite te rendre au centuple tout ce que tu rêves de me faire. Ça ne va pas être pour tout de suite. Je sais que j'attends beaucoup de toi et je comprendrais que tu aies envie d'assouvir tes pulsions sexuelles, mais j'espère ne jamais en avoir la certitude. Que tu t'offres à quelqu'un, un inconnu à qui tu pourrais t'attacher, et le risque que tu me quittes me sont intolérables. Mais ce qu'on ignore ne peut pas nous faire de mal, n'est-ce pas ?

Elle se recule pour me dévisager, étonnée par mon discours. Va-t-elle m'avouer sa relation avec Nick ? J'admets que je lui ai un peu tendu le bâton pour me faire battre. Mais si elle a bien écouté, elle a certainement saisi le message. Avant qu'elle ne puisse commenter, je poursuis :

— Et j'ai une excellente nouvelle à t'annoncer : je n'ai pas fait de cauchemars depuis que je suis ici, mis à part celui de la première nuit dans lequel tu me quittais.

— C'est vrai ? me demande-t-elle en me caressant la joue.

— *Yes !*

— Tu sais que je ne partirais pas.

— Tu aurais une raison valable de le faire, je suis un piètre mari. Tu pourrais trouver mieux.

— Je ne veux personne d'autre que toi. Je me suis engagée à t'aimer et te chérir. Et je compte bien tenir ma promesse parce que je t'aime plus que ma vie.

— Nous nous sommes aussi engagés à vivre l'instant présent comme si c'était le dernier. Je ne crois pas qu'Eve serait satisfaite de la manière dont nous respectons cette clause.

Suzie pouffe. Je suis heureux de la faire rire.

— C'est vrai. Mais nous avons quelques excuses. Ce n'est pas très amusant en ce moment.

— Peut-être devrions-nous vivre un jour après l'autre, sans nous inquiéter du futur ? Ça engendrerait sûrement moins de stress. C'est ce que conseille Bernard, qui plus est.

— C'est une idée. Et si, pour commencer, tu me faisais découvrir un de tes restos fétiches de ton Bordeaux ? Et ce week-end, fiesta avec le baptême de ta filleule. D'ailleurs, elle n'est pas un peu grande pour ça ? Je croyais qu'on baptisait les enfants la première année de leur naissance ?

— Bah ! Éléonore a décrété qu'elle voulait que la petite se souvienne de cette journée, bien que je ne sois pas persuadé que ce soit possible. Nico, il arrive quand ?

— Demain, après la cérémonie. Il tenait à aller voir Gabrielle avant de venir.

— Et comment va-t-elle ? Tu l'as vue ?

— Son état n'est pas brillant, mais Mama a assuré à Nico qu'il pouvait partir, qu'elle veillait sur la petite comme sur la prunelle de ses yeux, ce dont je ne doute pas. Elle est si attachée à cette gosse que je pense qu'elle est dans le déni, ou du genre hyper optimiste, alors que le reste de l'équipe soignante l'est moins.

— Et qu'en pense-t-il ?

— Eh bien, il entend ce qui l'arrange. Mais l'essentiel, c'est que Mama l'ait convaincu de prendre quelques jours de vacances. Après tout, qui sait, elle ne pensait peut-être pas ce qu'elle lui a dit, dans l'idée de le protéger ou de le convaincre de lâcher prise. Tu sais comment est Nick, personne ne peut résister à son charme et Mama l'adore, c'est évident.

— C'est vrai, elle le traite comme un fils, j'avais remarqué. Nicolas lui est aussi très attaché, son soutien lui est précieux. Il lui fait confiance. C'est une chance qu'une telle infirmière s'occupe de Gabrielle, parce que sinon, nous en serions à la case départ avec la petite à la maison et nous verrions Nico y perdre sa santé. Sans Georgia, je ne sais pas si tu l'aurais convaincu de se joindre à nous.

— C'est évident. Mais il a vraiment besoin de vacances.

— Mes parents sont impatients de le revoir. Bon, allez, assez discuté, j'ai une faim de loup. File à la douche, je réserve une table chez *Gordon Ramsay*.

— Waouh ! Tu me gâtes ! Ce resto est-il aussi fabuleux qu'on le dit ?

— Bien plus encore, le décor est superbe et la cuisine exquise. Tu vas adorer.

— A-t-on une chance de rencontrer ce grand Chef ?

— Peut-être. Tu aimerais bien ? Oui, bien sûr, ma talentueuse cuisinière aimerait échanger quelques petits secrets culinaires. Allez, tu verras bien si la chance te sourit. À la douche !

Chapitre 35
Une rencontre inattendue

Nicolas

4 juillet 2014

Je ne suis pas convaincu d'avoir pris la bonne décision en venant ici. Cette ambiance festive n'est pas des plus relaxantes pour moi. Tout ce bonheur affiché me perturbe, me renvoie à tout ce que j'avais et que j'ai perdu en quelques minutes. De plus, l'état de Gabrielle me préoccupe. Je ne sais plus ce que je souhaite vraiment : la voir partir rejoindre sa mère où la garder près de moi dans cette vie qui n'en est pas une ?

Ludovic m'accoste et m'entraîne vers le bar. Je cherche Suzie des yeux. J'ai besoin d'elle. Je sais qu'elle aussi. Ses tentatives pour me duper n'ont fait que confirmer ce que j'imaginais. Ce changement brutal de vie l'affecte. Je l'ai entendu dans sa voix malgré ses dénégations, quand elle a enfin daigné répondre à mes nombreux appels.

Le frère de Robert me présente quelques-uns des membres de sa famille que je ne connais pas encore, dont un certain Paul qui fait étalage d'un air suffisant et au bras duquel s'affiche une plantureuse blonde. Sa gestuelle possessive m'indique que la jeune femme, pas du tout mon genre, est chasse gardée. Grand bien lui fasse, elle est trop vulgaire à mon goût. Mais je semble être au sien, car elle me dévisage sans vergogne de la tête aux pieds et Paul ne manque pas de s'en apercevoir. Il resserre sa prise sur sa taille, se rappelant à son bon souvenir. J'ai envie de rire et suis tenté de jouer avec elle, mais m'en abstiens, bien qu'elle aurait pu étancher mon besoin actuel de sexe. Je les abandonne pour me lancer à la recherche de Suzie. Ne la voyant pas aux alentours, je décide de la chercher à l'intérieur. Je me dirige donc vers la demeure quand je reçois un appel de sa part.

— Où es-tu ?

— Devant l'entrée de la maison. Et toi ?

— Je reviens d'un petit tour dans les vignes.

— Qu'est-ce que tu fous là-bas en tenue de cérémonie, Louboutin aux pieds, je présume ?

Suzie pouffe.

— J'aurais pu les enlever, mais ça va, le chemin n'est pas très caillouteux ! Ils ont juste pris un peu la poussière.

— Toi, marcher pieds nus ?

— Je suis capable de tout quand il s'agit d'échapper à mes beaux-parents ! J'ai perdu Robert de vue avec tout ce monde. Et je n'étais pas prête à les affronter toute seule. On se rejoint au bar ?

Je raccroche et l'aperçois qui se fraie un chemin vers le comptoir à l'opposé de Ludovic et Paul, ce qui me convient, car je n'ai pas envie de leur compagnie. Je m'y rends en quelques pas, heurtant au passage une jeune femme qui s'esquive si vite que je n'ai ni le temps de m'excuser ni de voir son visage.

Suzie a déjà commandé : un Mojito pour elle et un Old Fashion pour moi.

— Alors, ces chaussures valent bien un petit sacrifice ? m'enquis-je en regardant les pieds de mon amie.

— Euh, oui !

— Tes beaux-parents sont les personnes les plus chaleureuses qui soient. Comment toi, capable de faire face à ta propre famille, peux-tu en avoir peur ?

— Eh bien justement, ils sont bien trop compatissants et aimants. Ça me déconcerte et je ne sais pas comment réagir face à autant de gentillesse. Ils devraient être furieux après nous, s'imaginer que c'est moi qui ai tenu Robert éloigné d'eux et bien…

J'éclate de rire. Suzie, effrayée et décontenancée par quelqu'un ? Du jamais vu ! Elle me donne une petite tape sur la poitrine.

— Je t'interdis de te moquer.

— Désolé, mais je n'arrive pas à t'imaginer dans une situation où tu ne sois pas à l'aise.

Je ris encore. Son attitude est rafraîchissante et sa compagnie apaisante, comme toujours. Elle le sera bien plus quand j'aurai apaisé la douleur qui me taraude, accentuée par cette atmosphère étouffante autour de moi. Pour ça, c'est elle et moi, quelque part, nous livrant à quelques ébats rapides et salvateurs.

— Si tu continues, tu vas devoir te lever une poulette alors que nous pourrions déjà être en train de baiser dans la cuisine, minaude-t-elle en lissant ma chemise de sa main et se frottant insolemment à mon entrejambe. Par chance, tout le monde est pris dans ses discussions animées, et certaines personnes autour de nous sont déjà assez avinées par l'alcool ingurgité depuis quelques heures.

— Dans la cuisine ?

— Hmm, hmm. J'ai fait du repérage. C'est un petit réfectoire réaménagé et réservé aux invités. On peut y cuisiner et y déjeuner. Ne pas confondre avec celle des propriétaires. Avec le ballet incessant de cuistots et de serveurs qui sont dans les *starting-blocks* pour le service imminent, nous ne passerions pas inaperçus.

— Et je la trouve où, cette pièce ?

— Je t'attends devant. Ne t'inquiète pas, les adultes sont ici en train de s'enivrer et les jeunes dans la salle de jeux à flirter avec leurs copines ou à tchatcher sur leurs portables. Traverse la salle et prends le couloir sur ta droite.

Je n'ai pas le temps de lui demander où peut bien être Robert qu'elle a déjà filé vers la maison. Je pose mon verre et la suis une fois qu'elle y a pénétré.

Comme Suzie l'a supposé, le couloir est désert. Appuyée dos à la porte, elle me regarde de son air mutin et plein de promesses. Alors que je n'aspire qu'à me jeter sur elle et la baiser brutalement, je m'approche l'air nonchalant, les mains dans les poches, accentuant ainsi le renflement de mon pantalon. Évidemment, son regard se pose sur mon entrejambe et elle se retient de pouffer. Je suis certain que cette chipie anticipe déjà ce que je vais lui faire. Arrivé devant elle, je la coince entre mes bras après m'être assuré que nous soyons toujours seuls. Je me frotte à elle pour nous exciter mutuellement, mais le volume du bas de sa robe toute en tulle m'en empêche. Je grogne de frustration. Suzie en sourit et prend en charge les opérations, dirigeant ma main sous sa jupe. Elle ne porte pas de sous-vêtements, comme souvent. De son autre main, elle tourne la poignée derrière elle et nous précipite dans la pièce, manquant de nous faire chuter, ce qui la fait rire. Je claque la porte d'un coup de pied, tout en poussant Suzie contre elle. Fébrilement, je remonte sa robe jusqu'à sa taille, tandis qu'avec des gestes tout aussi empressés que les miens, elle dénoue la ceinture de mon pantalon, baisse mon boxer pour se saisir de mon membre en érection. Ses caresses me font gémir, je suis au bord de l'extase quand elles se font plus insistantes une fois mon sexe dans sa bouche. Je mets fin à cet intermède en la relevant et la positionnant sur la table. Surprise, Suzie pousse un cri quand je me glisse entre ses jambes pour exciter son intimité de ma langue. À son tour, Suzie vibre sous mes assauts et laisse échapper, comme à son habitude, des râles de plaisir et un vocabulaire trivial qui choquerait ceux qui ne voient en elle qu'une personne froide et terriblement snobe. Dans l'intimité, Suzie est tout sauf cela. De plus, ma belle amante est loin d'être d'un tempérament discret, ses cris se répercutent sur les murs de la pièce. J'espère que personne ne se promène dans le couloir ! Elle jouit en hurlant mon nom. Mais nous sommes loin d'en avoir terminé. Je m'habille d'un préservatif avant de la pénétrer avec force. Elle enserre ma taille de ses longues jambes tandis que j'empoigne ses cuisses et qu'elle s'accroche au comptoir au-dessus de sa tête pour éviter de basculer sous mes coups de boutoir. Notre joute s'achève en quelques minutes et je m'effondre sur elle. Il nous faut quelques secondes pour récupérer nos souffles. Suzie, plus rapide que moi à se remettre, me repousse rapidement sous prétexte que je froisse sa robe.

Je recule pour m'appuyer contre la porte, mon pantalon et boxer à mi-cuisses, ma partenaire se lève, met de l'ordre dans sa tenue et vient me débarrasser de mon préservatif avant de m'intimer d'attendre un peu avant de sortir à mon tour.

Je me laisse glisser au sol, la main sur mon sexe pas totalement revenu à la normale, quand, malgré la pénombre, je croise le regard d'une jeune fille qui me dévisage sans un mot. Je souris en mon for intérieur. Une petite voyeuse !

Eh bien, vu qu'elle semble avoir apprécié le spectacle, si nous lui en donnions un peu plus ?

Son regard clair semble briller d'excitation dans le noir, sa bouche entrouverte me tente. Je n'ai qu'à allonger le bras et l'attirer à moi pour la coucher sur mon sexe qui reprend de la vigueur sous ses yeux inquisiteurs qui font un va-et-vient rapide entre mon bas-ventre et mon visage.

Mais je n'en fais rien et me contente de me masturber face à elle. Je l'observe, les yeux mi-clos, attendant un geste, un mot de sa part, peut-être la voir fuir. Mais elle ne fait rien de tout ça. Elle se contente de fixer les mouvements de ma main. Elle semble avoir arrêté de respirer, concentrée sur mon geste. Une fois au terme de mon plaisir solitaire agrémenté par le fantasme de sa bouche sur ma queue, je me lève, me rhabille et quitte la pièce pour me planquer dans le couloir afin de la surprendre. Pas une seconde, en cet instant, je n'imagine que cette fille rencontrée de manière incongrue va mettre la pagaille dans les vies de notre groupe, et surtout bouleverser la mienne, à jamais. Pour le pire et le meilleur !

Épilogue

Robert

Juin 2018

— Mais qu'est-ce que tu fabriques, enfin, on va être en retard !

Suzie s'esclaffe devant ma mine affolée. Je lui mets la pression depuis une heure. Allongée sur le lit, toujours en robe de chambre, elle câline notre bébé en le chatouillant et le faisant rire aux éclats.

— Mon amour, détends-toi, le prêtre ne nous en tiendra pas rigueur. Les jours de baptême, les bébés sont rois et je ne veux pas brusquer Julian. Tu sais bien qu'il vient juste de terminer son biberon.

Je grommelle.

— Bien sûr, tout le monde va encore croire que c'est moi, le retardataire.

Suzie, Julian au creux de son bras, se lève avec grâce et vient déposer l'enfant dans les miens.

— Tiens, occupe-t'en un instant, je vais me doucher.

Je récupère le bébé gazouillant et mon stress retombe dès que le bambin s'agrippe à ma chemise et se niche au creux de mon cou. Je m'installe dans le rocking-chair et le berce tout en lui parlant tendrement.

— J'aime ta mère, tu sais, plus que tout au monde, et sans elle, je ne sais pas comment j'aurais pu me remettre de ce drame qui a failli me détruire et qui nous a tous chamboulés, moi, ta mère et ton parrain.

J'ignore ce qui a été le déclencheur, la mort de mon père peut-être, la prise de conscience que, comme le disait si souvent Eve, il faut vivre pleinement sa vie — celles de ceux que l'on aime pouvant s'arrêter brusquement —, ou l'amour inconditionnel que Suzie me porte. Toujours est-il que j'ai retrouvé le chemin de son lit. Elle m'y attendait depuis si longtemps. Et j'ai été à la hauteur de ses attentes.

Cette nuit-là — ce Noël-là —, le plus beau cadeau que je fis à ma femme fut le don de ma personne et elle m'offrit en retour le sien dont je n'avais oublié aucune des courbes, aucune des imperfections que je me plaisais à embrasser, de la cicatrice de sa césarienne à celle sur sa cheville, souvenir d'une chute à vélo. La douceur de ses bras, ses soupirs, ses cris — auxquels s'étaient mêlés les miens, quand, au bout de tant de mois de désert affectif, nos deux corps avaient fusionné — m'avaient manqué. Enfin nous ne faisions qu'un à nouveau ! Je m'étais réapproprié son corps — cette enveloppe physique qu'elle avait un temps offert à un autre —, brutalement d'abord, puis avec la douceur qu'elle méritait, plus tard dans la nuit. Je n'avais pris la mesure de ce dont je m'étais privé qu'après l'avoir aimée jusqu'au petit matin et qu'enfin épuisée par mes ardeurs retombées, elle s'était nichée en soupirant de béatitude dans le creux de mes bras.

La journée avait mal débuté et je n'aurais pas une seconde envisagé un dénouement aussi heureux. La réunion familiale organisée par mes soins à la suite du décès de mon père allait marquer à jamais ma mémoire. Entre mauvais souvenir d'une fête gâchée et celui d'un nouveau tournant dans ma vie. Dans notre vie !

Je rêvais d'un Noël festif entouré de mes proches. Leur présence s'avérait indispensable à mon bien-être. Mais je n'imaginais pas que mes décisions perturberaient la vie de Meg à laquelle ma femme s'était attachée. Le départ précipité de mes amis, la colère d'Éléonore, la mienne pour l'embarras occasionné par cette scène vaudevillesque, la gêne de ma mère et les reproches muets de Suzie avaient sonné le glas de cette journée, et chaque invité avait rejoint ses pénates avec des excuses boiteuses. Seule Nina, trop jeune pour comprendre, éblouie par les cadeaux sous le sapin, avait échappé à l'ambiance morose, endeuillée par l'absence de mon père. Bien évidemment, j'estimais Nick responsable de tous mes maux. Je repense très souvent à cette journée.

— Je vais le tuer ! lançai-je en shootant dans les emballages cadeaux qui traînaient encore sous le sapin.

Tout à ma rage contre celui que je considérais comme un frère, mais dont j'avais grande envie de casser la figure, je serrais les poings. Suzie s'activait dans la cuisine, je me demandais ce qu'elle pouvait bien faire, ma mère et Éléonore s'étant attardées pour tout remettre en ordre. M'ignorait-elle délibérément ? J'avais déjà, durant le repas, dû faire face à sa désapprobation muette. J'aurais bien aimé qu'elle me soutienne et comprenne mes réactions. Comme elle n'en avait rien fait, j'avais ruminé ma colère et mes propos avaient dépassé mes pensées. Comme le dit le proverbe, parfois il faut tourner sa langue sept fois dans sa bouche avant de parler. Certains mots sont dévastateurs une fois lancés à tort et à travers, sous le coup de la frustration qui plus est.

— Ça ne suffit pas qu'il ait couché avec toi, il faut maintenant que ce connard aille se taper ma meilleure amie. Ce mec n'est bon qu'à détruire tout ce qu'il touche. Il n'est pas question que je le laisse faire.

Un bruit de vaisselle cassée me fit sursauter. Oups, geste malencontreux ou coup d'éclat ? Je m'interrogai. Suzie était assez sanguine. Nouveau fracas. Ah, elle était furieuse. C'était bien dommage, moi aussi. Après tout, j'avais de bonnes raisons. C'est elle qui m'avait trompé ! Après des doutes, j'en avais eu la certitude quand je les avais surpris, entre deux portes, lui la main sous sa robe tandis qu'ils se bécotaient de manière bien plus qu'amicale. J'avais fait volte-face avant qu'ils ne m'aperçoivent. Mais maintenant, quand je la vis apparaître dans l'embrasure de la porte, je m'en voulus de mes propos et de mes pensées qui ne reflétaient pas vraiment mes sentiments profonds. Elle hésita une seconde, m'affronter ou s'éclipser. Je sentis son désarroi dans ses gestes, des larmes perlaient au coin de ses yeux.

Crétin! Comment tu peux revenir sur tes paroles? Tu avais promis de ne plus jamais y faire allusion! Tu étais prêt à tous les sacrifices par amour pour elle.

Ma femme tourna les talons, me fuyant plutôt que de m'affronter. Je grimaçai, son comportement me déstabilisait. Suzie n'était pas une pleurnicheuse, c'était une battante qui pliait parfois sous les épreuves, mais sa force de caractère lui permettait de ne jamais baisser les bras. C'est elle qui m'avait soutenu pendant ces dernières années, elle était mon pilier, ma béquille. Je soupirai et l'appelai tandis qu'elle s'enfermait dans notre chambre après en avoir claqué la porte avec violence. Bon, la colère était là, même plus sous-jacente. À vrai dire, je préférais, car je ne savais pas comment me comporter face à la détresse que j'avais entrevue dans son regard. J'hésitai un instant, mais ma conscience me poussa à me faire pardonner pour mes paroles inconvenantes. Je l'aimais, j'aurais donné ma vie pour elle, et je ne lui en voulais pas d'avoir trouvé du réconfort dans les bras de mon meilleur ami. J'avais toujours pensé que c'était le mieux pour nous trois. Sûrement choquante pour certains, cette manière de voir les choses. Mais je ne voulais que son bonheur. S'il devait passer par Nicolas, eh bien qu'il en soit ainsi. Mais ce dernier se débattait dans une relation tumultueuse avec Meg, et j'avais du mal à imaginer qu'elle puisse le sauver de lui-même.

Je chassai mes inquiétudes pour ne songer qu'à ma femme que je ne souhaitais pas voir repartir au Pérou et que je venais de blesser. Comment diable allais-je pouvoir me faire pardonner? Suzie était allongée sur le lit, la pièce était plongée dans la pénombre. Elle faisait mine ne pas m'avoir entendu entrer. Je m'appuyai contre la porte derrière moi, cherchai les mots justes pour m'excuser, mais rien ne vint.

— Suzie, je regrette... Je ne voulais pas... Je te demande pardon. Je t'aime...

— Je n'en suis pas si sûre. Si tu m'aimais vraiment, tu n'aurais jamais remis ça sur le tapis, tu... m'avais promis, c'est... Penser sans cesse à moi et Nick... Tu devrais savoir que c'est avec toi, et toi seul, que je veux coucher... Avec lui... je ne fais pas l'amour, je b...

Je me précipitai sur elle. Ses mots m'avaient fait mal, je ne voulais pas en entendre davantage. Je la fis taire d'un baiser vorace, buvant ses larmes et l'étreignant avec force.

Comment en étions-nous arrivés à nous dénuder en quelques minutes, à nous murmurer des « je t'aime » ? Comment étais-je parvenu, malgré mes angoisses, à la prendre violemment, puis aussi tendrement que s'il s'agissait de notre première fois ? À l'aimer toute la nuit ? Je ne le sais toujours pas.

Nous nous étions retrouvés après nous être perdus si longtemps, et la joie que j'en avais ressentie était incommensurable, elle m'étouffait presque. Tout le reste n'avait nulle importance.

Et le bonheur se mit mis à briller à nouveau, tel un soleil, et la vie reprit son cours. Les mauvais souvenirs furent remisés au placard. J'espérais qu'ils ne viendraient plus jamais nous hanter.

De leur côté, Nick et Meg progressaient à leur rythme et vivaient leurs propres drames, comme je l'avais pressenti. Je ne pouvais croire qu'il puisse l'aimer autant qu'Eve. Pourtant l'impensable se produisit et les événements me prouvèrent que je me trompais. Nicolas aimait Meg aussi passionnément qu'il avait un jour aimé sa femme.

Une chose est sûre, nous pouvons en témoigner, Suzie et moi, l'amour pour un disparu perdure au fond de notre cœur.

Mais celui-ci est si grand qu'il y a de la place pour plusieurs personnes. La preuve, j'aime autant mon fils que ma femme. Quant à elle, de toute son âme, elle chérit Andrew et Andrea tout autant que notre enfant et cette petite fille à venir. Du moins, je me persuade que c'est une fille tant je rêve d'une mini Suzie.

Pendant plus d'un an, nous avons désespéré tous les mois, tant et si bien que Suzie s'était convaincue, malgré les examens rassurants, d'être devenue stérile après l'accouchement difficile d'Andrea. À vrai dire, jusqu'à ce que les médecins nous confirment que je n'étais pas non plus en cause et que mes blessures à la suite de mon agression n'avaient pas mis en péril ma fertilité — ce dont je m'étais persuadé, sombrant dans des phases de dépression avec le retour de cauchemars —, je m'étais attribué la responsabilité de nos échecs. Le désir d'enfant de Suzie était tel que c'était devenu une obsession. J'envisageais même de lui suggérer d'adopter sa petite protégée Soledad à laquelle nous rendîmes plusieurs visites. Mais Claire, avec qui j'avais évoqué ce projet, m'en avait dissuadé, persuadée que ce n'était pas une bonne chose, ni pour Soledad ni pour nous. Et contre toute attente, au moment où nous avions baissé les bras, l'inattendu était arrivé. Un de mes spermatozoïdes plus aventureux que les autres s'en était allé un matin féconder les ovules de ma femme chérie.

Six mois après la naissance de Julian, défiant toutes les probabilités, Suzie est enceinte à nouveau, alors que notre bébé est encore au biberon. Mais cette nouvelle nous réjouit et nous allons l'annoncer aujourd'hui à notre famille. Suzie vient d'entrer dans son deuxième trimestre et elle est d'accord pour partager notre bonheur avec les personnes qui nous sont chères. J'ai hâte de voir la tête d'Eva, ma filleule de deux ans, à l'annonce de cette nouvelle, elle qui rêve d'un petit frère depuis l'arrivée de Julian dans nos vies. Mais ses parents,

Meg et Nicolas, ne sont pas prêts pour un deuxième enfant si tôt. L'arrivée d'Eva ayant pris mon ami de court, il veut voir grandir sa petite fille avant de se replonger dans les couches-culottes et être à nouveau confronté aux nuits d'insomnies. Non qu'Eva l'ait empêché de dormir : c'était lui qui ne pouvait lâcher prise et passait son temps, au grand désespoir de Meg, à l'écouter respirer, terrorisé à l'idée de la perdre.

Je lève les yeux vers ma femme alors qu'elle revient vers moi. Elle se penche pour m'embrasser tendrement, récupère Julian et le pose sur son épaule en lui tapotant le dos pour lui faire faire son rot. Je noue mes bras autour de sa taille. Notre instant d'intimité vole en éclats sous les coups insistants frappés à la porte de notre chambre. Je soupire et me lève. Je sais déjà qui est le perturbateur.

Eva déboule dans la chambre suivie par sa mère qui tente de la retenir, Nicolas sur ses talons.

Bien que leur domicile ne soit pas très éloigné du nôtre depuis que Meg a investi dans une demeure dans le Médoc, ils séjournent chez nous depuis une semaine, et Éléonore et Ludo sont de la partie, squattant la piscine et le jacuzzi. Les rires d'Eva et de Nina résonnent dans toute la maison pour notre plus grand plaisir. Mon frère a renoncé à une grande famille, Éléonore ayant fait plusieurs fausses couches ces deux dernières années. Nina restera donc fille unique, mais considère Eva comme sa sœur.

Le soir, quand, installé sur la terrasse, je sirote un verre et que j'écoute le babillage de ces petites filles unies par des liens très forts, me disant que bientôt, mon fils se joindra à elles, je ne peux m'empêcher d'être nostalgique. Je songe aux souvenirs auxquels ces scènes me renvoient : nos vacances à Soulac dans la maison familiale de Carmen, cette amitié naissante qui perdure à ce jour.

— Payin, payin ! hurle Eva en se jetant dans mes bras.

— Eva ! l'interpelle sa mère qui la suit de près.

— Houlà, serait-ce un secret que tu vas me dévoiler ?

— Eva ! menace Mégane à nouveau.

— C'est bon, Meg, laisse-la leur dire, ça lui fait tellement plaisir.

— Nous dire quoi, ma chérie ? lui demande Suzie en se penchant pour embrasser la gamine accrochée à mon cou.

— Maman, bébé ! hurle-t-elle à me déchirer les tympans.

Ses cris ne manquent pas de faire accourir le reste de notre tribu.

— Qu'est-ce qui se passe ici ? s'enquiert Ludovic du pas de la porte, tandis que Nina se faufile en le contournant et qu'Éléonore le pousse pour pouvoir entrer à son tour.

— Quoi ? Personne n'est prêt ? s'inquiète ma très pragmatique belle-sœur.

C'est sûr, le curé va nous attendre !

Pour l'heure, c'est le chaos total dans cette chambre bien trop petite pour nous accueillir tous.

Dès que je repose au sol ma filleule, elle s'empresse de grimper sur mon lit et y saute comme sur un trampoline malgré les injonctions de Meg lui ordonnant de descendre. Nina l'a rejoint dès qu'elle se met à scander : « maman, bébé », et lui fait écho : « Un bébé, un bébé dans la famille ! »

Suzie éclate de rire, ce qui fait sursauter Julian. Ludovic et Éléonore sont bouche bée. Meg tente de faire descendre les filles du lit, mais elles lui glissent entre les doigts comme des anguilles. Nicolas contemple le spectacle en hochant la tête, et je suis là, béat de félicité devant cette scène ordinaire qui me comble de joie.

Le bonheur est un papillon qui virevolte et qu'il faut saisir délicatement pour ne pas l'abîmer, il est si fragile. Je réalise que le bonheur, c'est surtout d'apprécier ce qu'on possède, ce que la vie nous offre. Et cet instant, entouré de toutes les personnes qui comptent dans ma vie, de ma mère qui, attirée par le vacarme vient de nous rejoindre à son tour, est le plus beau de toute ma vie.

Euphorique, j'empoigne les deux petites, une sous chaque bras, et les fait tourner comme au manège sous les regards ébahis de ma famille, en hurlant à mon tour : « Nous aussi, on va avoir un bébé. Un bébé ! »

Tandis que je virevolte comme un malade, je regarde tour à tour ceux sans qui je ne pourrais pas être aussi heureux, ma mère, Ludovic, Éléonore, Meg, Nicolas, Nina et Eva, Julian, et… Suzie, ma merveilleuse femme qui porte notre second enfant, celle sans qui ma vie ne vaudrait pas la peine d'être vécue.

— Non, pas sans toi, murmuré-je.

Remerciements

Un grand merci à tous ceux et celles qui ont contribué à me faire connaître, qui se sont passionnées pour les aventures de Meg et Nick. Me voici parvenue au terme de ce deuxième volet qui répondra, j'espère, à vos attentes, amies lectrices. Sans vous, cette aventure n'aurait pu être possible.

Merci à toutes mes amies qui se sont lancées dans la lecture de Juste un défi entre nous. *Certaines se sont passionnées, d'autres moins, ce roman n'étant pas dans leur genre littéraire. Merci à ma famille, mes enfants, mes nièces qui m'encouragent quotidiennement et tout particulièrement à mon oncle qui, s'il n'a pas aimé l'intrigue — quatre-vingts ans, tout s'explique! —, m'a complimentée sur ma plume. Merci à Fabie pour son retour de lecture dans lequel, disait-elle, elle m'imaginait écrivant cette histoire pour oublier au fil des pages que j'en étais l'auteur. Merci à vous tous qui m'avez ainsi poussée, vous attachant à Suzie, ce personnage secondaire, à en écrire l'histoire. Merci à mes bêta-lectrices intransigeantes, Laureline et Gaëlle, qui connaissent mes personnages presque aussi bien que moi.*

Mais les remerciements seraient incomplets si j'oubliais l'équipe éditoriale qui m'accompagne dans cette aventure avec Audrey Voos. Je voudrais adresser un petit clin d'œil à Fred, elle se reconnaîtra.

Et un grand merci à mon père pour tout ce qu'il m'a enseigné, pour ces valeurs qu'il m'a transmises, ce goût pour la lecture et mille autres choses. Je sais que, où que vous soyez, vous êtes fiers de moi. Papa, maman, je vous embrasse.

Une dernière pensée pour toi, ma tante, où que tu sois au moment de la parution de ce roman, toi, qui attendais ce tome avec impatience, toi, une de mes plus fidèles admiratrices.

Marie Anjoy

Vous avez aimé votre lecture ?
Découvrez les autres romans des éditions So Romance
disponibles en format papier et numérique.

Résurrection charnelle

Depuis le décès de son conjoint, Laura ne peut plus ressentir aucun plaisir sexuel. Sur les conseils de sa thérapeute, elle retourne en vacances à Arcachon, là où elle avait rencontré son mari quinze ans plus tôt. Là-bas, c'est tout à fait par hasard qu'elle s'inscrit à des cours particuliers de tango. À travers la danse, elle va redonner vie à son corps et renouer avec sa sensualité pour entreprendre une véritable résurrection charnelle dans les bras de son professeur.

Complètement folle de lui

Amber, une jeune femme excentrique, rencontre Éric dans un ascenseur. Elle est loin de se douter qu'il est un collègue de Travis, son meilleur ami, et surtout, que ce dernier leur a arrangé un rendez-vous le soir même… Cependant, derrière son humour mordant et son courage, Amber cache une grande fragilité. Pour se protéger, elle refuse toute relation avec Éric dans un premier temps. Ses sentiments prendront-ils le dessus ?

Pour en savoir plus
www.soromance.com